Elisabeth Loibl

Memórias de um Adolescente Brasileiro na Alemanha Nazista

Editora Melhoramentos

Dados Internacionais de Catalogação na Publicação (CIP)
(Câmara Brasileira do Livro, SP, Brasil)

Loibl, Elisabeth
  Memórias de um adolescente brasileiro na Alemanha nazista / Elisabeth Loibl. - São Paulo: Editora Melhoramentos, 2017.

  ISBN: 978-85-06-07282-0

  1. Adolescentes (Meninos) 2. Experiências de vida 3. Guerra Mundial, 1939-1945 – Alemanha 4. Literatura infantojuvenil 5. Loibl, Rodolfo Otto 6. Nazismo I. Título.

17-05906   CDD-028.5

Índice para catálogo sistemático:
  1. Histórias de vida: Literatura infantojuvenil 028.5

© Elisabeth Loibl

Direitos de publicação:
© 2017 Editora Melhoramentos Ltda.
Todos os direitos reservados.
Diagramação: Carine Martinelli
Fotos: acervo pessoal da autora

1ª edição, 14ª impressão, julho de 2025
ISBN: 978-85-06-07282-0

Atendimento ao consumidor:
www.editoramelhoramentos.com.br
sac@melhoramentos.com.br
CNPJ: 03.796.758/0001-76

Impresso no Brasil

É de praxe uma dedicatória ser breve, mas esta foge à regra, se é que existe uma regra. Será difícil expressar em poucas palavras o que sinto por esta terra e o seu povo, que, ao longo de sua história, acolheu de coração e braços abertos a milhares de imigrantes que, fugindo de guerras, fome, perseguição, aqui encontraram pátria, lar, paz e, sobretudo, calor humano!

Dedico o presente livro a esta terra maravilhosa, o Brasil, nome que reúne generosidade, grandeza, beleza, tolerância e amor!

Para Rodolfo Otto Loibl,
meu irmão

PREFÁCIO

CARO LEITOR AMIGO, esta história que você lerá é verídica. São acontecimentos e experiências de vida do meu irmão, relatados por mim em forma de romance e acrescidos de esclarecimentos históricos em notas de rodapé.

Diferentemente da maior parte da minha obra, que envolve tramas arqueológicas, este livro se passa durante a Segunda Guerra Mundial, uma guerra sangrenta do século XX que deixou marcas na minha família.

Trata-se da história de um brasileiro nato, cuja infância e adolescência se perderam entre os escombros desse período conturbado da História universal. Escrevê-la foi uma grande aventura.

Elisabeth Loibl

1

ESTA É A HISTÓRIA de Rodolfo Otto Loibl, uma história de idas e vindas, talvez mais vindas do que idas. A minha história! Somente agora, aos 85 anos, me atrevi a remexer no meu passado e a contar minha trajetória, como um pedido de paz ao destino.

Para entender como e por que passei minha adolescência em meio a um mar de sangue e terror, é preciso recuar no tempo.

Otto, meu avô materno, chegou ao Brasil em 1913, antes da Primeira Guerra Mundial. Mas sua vinda não foi motivada pela guerra.

Naquele tempo, quando um casal de classe social alta se formava, além da noiva, o marido levava um dote: uma boa quantia em dinheiro. Otto, no entanto, gastou toda a fortuna da minha avó em cavalos e em outros luxos da época, e a situação financeira deles na Alemanha tornou-se insustentável.

Certo dia, ele se deparou com um anúncio num jornal alemão buscando um mestre cervejeiro para trabalhar numa cervejaria de porte médio em São Paulo. Era a oportunidade perfeita para um jovem formado em técnica de fabricação de cerveja em uma das mais conceituadas faculdades da Alemanha, fundada no século XIV.

Otto aceitou o desafio e embarcou para o Brasil, então um país muito distante e desconhecido, a ponto de as pessoas pensarem que nele quase só havia selva. A comunicação nessa época ainda era feita basicamente por telégrafo.

Primeiro veio Otto, para se assentar no novo país, e minha avó, Sofia, minha mãe e meu tio permaneceram na Alemanha aguardando seu chamado. A vida, porém, mudou os planos, e em 1914 eclodiu a Primeira Guerra Mundial. Minha avó se viu sozinha numa Alemanha à beira do abismo e com dois filhos para criar!

No começo do século XX, os costumes e a mentalidade eram outros, e a situação ficou extremamente desagradável para minha avó, uma mulher de uma família conceituada, numa cidade pequena e conservadora, cujo marido havia partido para um país de que pouco se ouvira falar – enfim, uma mulher "abandonada" e sem recursos.

Sofia tinha duas irmãs, minhas tias-avós, ambas jovens e solteiras. Na sociedade da época, casamentos por conveniência ou por dinheiro eram comuns. Uma moça pobre tinha poucas chances de se casar, por mais bonita que fosse. E, para piorar, a guerra levava a maioria dos homens para o front. Minhas tias nunca se casaram, ficaram "solteironas", e minha avó viveu essa época à custa dos pais e de seu trabalho como costureira.

Sete longos anos se passaram, mais precisamente até 1920, quando eles se reencontraram. Sete anos separados pela guerra! As guerras são terríveis; provocam mudanças profundas não apenas na vida das pessoas, mas também na estrutura da sociedade.

Com o término da Primeira Grande Guerra, em 1918, e a derrota da Alemanha, o *Kaiser*, o imperador alemão da tradicional dinastia prussiana dos Hohenzollerns, teve de abdicar. O país se viu mergulhado no caos: crescente desemprego, inflação, fome, desnutrição e doenças. As famílias moravam em quartos úmidos e frios, sem aquecimento para suportar o rigor do inverno. Frequentemente famílias com até dez pessoas habitavam um único cômodo, onde se fazia a pouca comida, se dormia, se secava a roupa. Não era de admirar que doenças de todo tipo – coqueluche, pneumonia, difteria, tuberculose etc. – varriam famílias inteiras. Milhares morriam de fome, e os suicídios aumentavam a cada dia. As pessoas simplesmente não tinham mais perspectivas. A miséria na Alemanha depois da derrota de 1918 era inimaginável. E foi essa situação deplorável que acabou abrindo as portas para um homem de cabelos escuros, olhar penetrante, com um bigode ridículo sob o nariz: Adolf Hitler, o fundador do Partido Nazista (nascido em Braunau, na Áustria, em 20 de abril de 1889).

Em 1918, com a morte de milhares de homens, as mulheres, até então confinadas aos três Ks (*Kinder, Kirche, Küche*: filhos, igreja, cozinha), viram-se subitamente forçadas a lutar pela sobrevivência sem o amparo de um homem. Assim também as minhas tias-avós, antes moças bem cuidadas e educadas à moda antiga, tiveram de enfrentar a nova realidade para não morrer de fome. Dora, a mais inteligente, conseguiu um emprego em um conceituado banco, enquanto a mais moça se tornou dama de companhia de uma senhora da alta nobreza. Minha avó Sofia teve de ficar em casa, para cuidar dos meus bisavós e dos filhos, situação bastante humilhante para quem havia nascido numa família de posses.

Finalmente, em 1920, Otto providenciou a vinda da mulher e dos filhos para o Brasil. Foi o ponto de partida da "epopeia brasileira", o começo de uma vida nova em terras distantes, com costumes totalmente diferentes. Uma adaptação difícil e sofrida para minha avó, mas que resultou numa total identificação com a nova pátria.

Minha avó materna com a minha mãe e o meu tio,
antes da mudança para o Brasil.

2

NÃO POSSO, é claro, deixar de falar do meu pai, Franz (versão alemã de Francisco). Os meus avós por parte de pai tinham uma lavoura no sul da Alemanha, mais precisamente na Baixa Bavária, uma região de florestas densas, lagos e montanhas perto da fronteira com a atual República Tcheca.

Meus avós paternos tinham dois filhos homens, sendo meu pai o caçula.

Quando começou a Primeira Guerra Mundial, meu pai se alistou e lutou em diversas batalhas. Ao retornar, porém, não havia mais espaço para ele na cidade onde havia nascido e na qual morava sua família: ela havia se tornado pequena demais para o que ele almejava. A lavoura ficara para o irmão. Meu pai recebeu a parte que lhe cabia na herança, pegou seus poucos pertences e partiu mundo afora à procura do seu destino. Primeiro foi para Amsterdã, capital da Holanda, de onde partiam navios para lugares distantes. Para onde ir? América? Canadá? Austrália?

Num dado momento, Franz se viu diante da vitrine de uma agência marítima onde estava exposta uma foto enorme do Pão de Açúcar, com as praias do Rio de Janeiro, cartão-postal já famoso naquela época. Brasil! Sol, praia, aventura! Por que não?!

Franz, um jovem de espírito aventureiro, não tinha nada a perder e resolveu arriscar: embarcou num navio rumo ao Novo Mundo.

Meu pai desembarcou no Rio de Janeiro no começo da década de 1920 sem conhecer ninguém e sem falar português, munido apenas de alguns trocados e uma enorme vontade de viver.

No Rio conheceu outros aventureiros alemães que lhe contaram histórias fantásticas sobre diamantes que encontraram no Rio das Garças, no Mato Grosso. Meu pai não hesitou em abraçar o desafio e saiu à procura das pedras preciosas. Ficou algum tempo por lá e, quando voltou, sem ter encontrado diamantes, resolveu vir para São Paulo, onde abriu um pequeno comércio no centro da cidade. Em 1928, num dos costumeiros bailes promovidos pela colônia alemã, naquela época um círculo restrito, o destino mexeu os pauzinhos e meus pais se conheceram.

Tudo aconteceu depressa: casaram-se em 1929, minha mãe tinha então 19 anos, e meu pai, 31. E um ano depois eu nasci em São Paulo, tornando-me o primeiro brasileiro da família.

3

DEPOIS DE CASADOS meus pais foram viver na Vila Mariana, bairro onde nasci, em 21 de junho de 1930. As minhas lembranças daquela época são um tanto saudosistas, de uma São Paulo que não existe mais e de uma infância muito feliz.

Morávamos em uma casa confortável e bonita, na Rua Pedro de Toledo, onde hoje está a estação do metrô Santa Cruz.

Meu avô materno trabalhava na Brahma, onde ocupava um cargo que hoje equivale a gerente industrial. Ele havia comprado uma chácara no bairro do Brooklin, na Rua Bacaetava, uma travessa da Avenida Morumbi, muito contra a vontade da minha avó. Ela dizia que essa compra era "loucura", que "a chácara ficava no fim do mundo" e que "nunca iria valorizar". Meus pais chegaram a morar ali por um tempo, e aos fins de semana costumavam convidar os amigos para reuniões muito alegres. Como a chácara ficava próxima ao Rio Pinheiros, a turma fazia piquenique às margens do rio, promovia regatas de remo e até nadava nas águas claras e límpidas daquela época.

Foram momentos agradáveis de um tempo feliz e despreocupado, que nem por uma fração de segundo deixava prever a tragédia que, em poucos anos, iria se abater sobre a humanidade e sobre a minha família.

4

NA ALEMANHA a situação estava bem diferente. No início de 1923, a moeda corrente alemã caiu vertiginosamente: pagava-se cada vez mais por cada vez menos. Os assalariados eram os mais prejudicados. A classe média empobrecia rapidamente. O salário que se recebia num dia no outro já não valia mais nada. As pessoas pagavam milhões, literalmente, por meio quilo de manteiga e algumas horas mais tarde, pelos mesmos milhões, compravam nada mais do que um pedaço de pão. Vidas eram arruinadas, enquanto da sarjeta brotavam novas formas de especulação.

Governos se formavam e se dissolviam num ritmo tão frenético quanto a inflação e nenhum deles conseguia honrar as "obrigações de reparação", a dívida de guerra que a Alemanha tinha para com os países vencedores da Primeira Grande Guerra. Os governantes estavam totalmente impotentes perante a situação desoladora. Era a ruína econômica da Alemanha!

"Estamos tentando sobreviver, encarando, dia após dia, a inflação cada vez mais assustadora", escreveu Dora à minha avó, Sofia, em fase de adaptação em terras brasileiras.

Em outra carta Dora escreveu:

"Um novo partido surgiu, o Partido Nacional Socialista Alemão, os nazistas, cujo líder, Adolf Hitler, faz grandes promessas. Em certas ocasiões assisti a alguns de seus discursos eloquentes em praça pública e nas cervejarias de Munique. Os presentes, na maioria desempregados e, portanto, desocupados, o aplaudiram euforicamente, o que não é de admirar, pois Hitler promete combater o desemprego e a inflação e também acabar com a dívida externa da Alemanha".

Em São Paulo, meus avós também discutiam o que estava acontecendo na Alemanha:

— A Alemanha só vai se salvar com uma mudança radical do sistema, essa é a verdade! — meu avô dizia.

— E você acha que os nazistas vão conseguir esse milagre? — perguntou minha avó certa vez.

— Se não for Hitler, ninguém mais conseguirá — respondeu ele.

— Ridículo! Os nazistas só estão se aproveitando da miséria do povo para conseguir o poder — retrucou minha avó, exaltando-se.

E aí desencadeou-se uma das intermináveis discussões em que meus avós maternos costumavam se lançar naqueles dias.

Mais adiante no tempo, precisamente em 1929, o mundo encarou, atônito, um terremoto financeiro nunca antes visto: a quebra da Bolsa de Valores da Wall Street, em Nova York, cujos tremores repercutiriam no mundo todo.

5

AOS 7 ANOS eu era uma criança feliz, embora um pouco tímida, e fui matriculado na Deutsche Olinda Schule, uma escola fundada por alemães que durante a guerra sofreu transformações decisivas, passando a se chamar Colégio Visconde de Porto Seguro, hoje um dos mais conceituados colégios de São Paulo.

Lembro-me muito bem do meu primeiro professor, Herr[1] Reinhard. Recém-chegado da Alemanha, não falava uma palavra em português. Era um tanto severo, mas excelente professor.

Nos anos 1936 e 1937 recebíamos muitas notícias da Alemanha nazista. Embora a grande maioria dos membros da colônia teuto-brasileira em São Paulo não tenha simpatizado com a propaganda hitlerista, não eram poucos os que se deixaram impressionar com "aquele homem" que havia tirado a Alemanha da miséria. Afinal, Hitler tinha conseguido a difícil empreitada de acabar com a inflação e com o desemprego. O homem com o bigode ridículo aquecera a economia, melhorando consideravelmente o padrão de vida da população.

Até entre os brasileiros havia quem nutrisse certa admiração pela maneira com que Adolf Hitler conduzia seu governo.

---
[1] Herr: senhor, em alemão.

E, é claro, havia também a propaganda nazista velada (talvez não tão velada) para atrair militantes entre os membros da comunidade alemã em São Paulo. Verdade é que Hitler conseguira, com incrível habilidade e inacreditável carisma (no mau sentido), construir uma rede de propaganda e marketing para a divulgação eficaz de suas terríveis ideias.

Em 1937 esteve de visita ao Brasil um navio de combate de tamanho médio, da "nova" Marinha de Guerra alemã, o couraçado *Schlesien*. Os marinheiros desembarcaram e visitaram São Paulo, onde deram um espetáculo à parte: fizeram estremecer o Viaduto do Chá com uma marcha no tradicional passo prussiano. Depois pararam atrás do Teatro Municipal e tocaram os hinos do Brasil e da Alemanha, tudo acompanhado com alegria tanto por brasileiros como por alemães.

Pois é, naquele momento ninguém foi capaz de prever a desgraça que viria no futuro.

Mais tarde, o Sport Club Germânia, hoje Clube Pinheiros, promoveria um evento em homenagem aos tripulantes do *Schlesien*, sob a égide de hinos e bandeiras, só que dessa vez somente do hino alemão e da suástica.

Enquanto para mim a infância transcorria sem preocupações, as atenções das pessoas estavam cada vez mais voltadas para a Alemanha nazista, com suas demonstrações ostentosas de poder.

Em São Paulo, onde vivíamos, vez ou outra ouvia-se a costumeira saudação nazista de simpatizantes da causa, o que provocou, é claro, uma animosidade crescente por parte dos brasileiros contra tudo o que era alemão. E não tardou para que começassem as represálias; aliás, plenamente justificáveis. As festas e os eventos da colônia foram proibidos, assim como falar a língua alemã em público. As aulas de alemão na minha escola também foram extintas.

Por causa dessas proibições e restrições e, de certa maneira, por influência da eloquente propaganda nazista, muitos alemães residentes em São Paulo começaram a retornar à Alemanha. E, por incrível que pareça, entre os alemães que queriam deixar o Brasil, estava a minha mãe.

Meu pai se opôs veementemente a essa ideia. Ele havia construído uma vida em São Paulo, nós morávamos em uma casa boa, tínhamos conforto e amigos; enfim, não havia motivo algum para deixar o Brasil.

As discussões entre meus pais sobre voltar ou não à Alemanha se tornaram uma constante. Protegido pela inocência da tênue idade, eu não compreendia a dimensão do problema e obviamente não tomei partido.

– O progresso na Alemanha é imenso! Podemos ter um padrão de vida muito melhor... é só ter coragem! – insistia minha mãe, sem trégua.

A teimosia da minha mãe era tão grande que ela chegou a ameaçar deixar a família se o meu pai não concordasse em voltar à sua terra natal.

Não existe o ditado popular que diz "Água mole em pedra dura tanto bate até que fura"? Meu pai um dia acabou cedendo.

Depois de vender tudo que havíamos construído no Brasil, no começo de 1938 embarcamos num navio de bandeira polonesa chamado *Pulaski*, rumo à Alemanha.

Para meus pais tratava-se de um retorno, mas, para mim, um brasileiro nascido em São Paulo, aquilo significava uma mudança radical. Ali eu deixava para trás tudo o que me era familiar e querido. Pela primeira vez senti o sopro gélido de uma nova vida, na qual a infância já não encontrava mais espaço.

6

APÓS ESCALAS EM VITÓRIA (no Espírito Santo), Dakar (na África) e Boulogne (na França), em março de 1938 chegamos ao porto de Kiel, em solo alemão. E, por uma daquelas coincidências do Universo, também em março, mais precisamente em 13 de março de 1938, Hitler havia feito o *Anschluss* (a anexação) da Áustria, incorporando o pequeno e charmoso país à Alemanha.

Esse primeiro passo da política expansionista nazista foi transmitido por todas as emissoras de rádio da época, austríacas e alemãs, em ondas médias, longas e curtas e com irradiação para o exterior. Alto-falantes haviam sido instalados nos cruzamentos das ruas, nos aeroportos, em todas as estações de trem, nas fábricas, nos restaurantes e nas praças tanto de cidades grandes como nos mais distantes lugarejos. Em todo o território do Reich ouvia-se a voz retumbante do Führer:

— Quando eu deixei esta cidade — começou Hitler pateticamente, em pé no balcão do velho Rathaus (Câmara Municipal) da cidade de Linz —, carregava no meu peito a mesma fé que ainda hoje me preenche.

Na praça em frente ao Rathaus, iluminada pela luz dos holofotes, milhares de pessoas se aglomeravam e se acotovelavam. Centenas de tochas e incontáveis janelas iluminadas forneciam luz adicional. Os locutores, febris, reportavam a alegria estonteante e o êxtase das massas.

E o Führer continuou:

– Imaginem a minha emoção agora, neste momento em que realizo, após tantos anos, o meu sonho de outrora!

Naqueles dias de março do ano de 1938, as estações de trem pareciam um imenso formigueiro: homens, mulheres, adolescentes e crianças, todos correndo, se acotovelando, histéricos, chorando, xingando. Os poucos a quem foi dado o bom senso e a inteligência de enxergar longe tentavam deixar o país. E a tecnologia da época continuou a lançar mundo afora as palavras mentirosas e cínicas do homem que dentro de pouquíssimo tempo iria incendiar o mundo:

– ...se a providência me chamou para ser o líder do Reich foi porque me foi dada uma missão!

Assim, o Anschluss foi a nossa recepção na Alemanha.

7

UMA VEZ em terras alemãs, não tardou para que percebêssemos que a realidade era bem diferente daquela que minha mãe havia delineado em sua imaginação. Um homem alto, loiro, o protótipo idealizado pela doutrina nazista, em cujo braço esquerdo se via uma faixa com a suástica, nos "convidou", aos berros, a entrar num ônibus, a fim de mostrar aos "repatriados" as maravilhas da "nova Alemanha".

Num dia encoberto e frio – eu tinha então quase 8 anos de idade –, vivenciei o primeiro impacto do que nos esperava. Lembro que senti um medo profundo e inexplicável, que eu desconhecia. Mal entramos no ônibus, o homem da suástica começou a dirigir a nossa atenção para o que nos cercava. Em tom de comando, gritava: "Olhos para a direita. Olhos para a esquerda. Agora olhar para a frente...".

Depois desse passeio forçado pela cidade, fomos para o hotel, onde outra surpresa desagradável nos aguardava: ao pagar a conta, fomos informados de que tínhamos em mãos dinheiro inflacionário de 1923 e 1924, já fora de circulação.

– Mas este é o dinheiro que nos foi dado no câmbio, quando desembarcamos – explicou meu pai.

– O senhor está querendo insinuar que foi roubado aqui, na Alemanha? – exaltou-se o homem do hotel.

— Só sei que foi esse o dinheiro que recebi e...

— O senhor se atreve a fazer uma acusação contra um alemão honesto? O senhor que acaba de vir do exterior? — interrompeu um segundo homem em tom de ameaça.

Olhei para minha mãe e percebi que ela estava amedrontada com aquela agressividade toda.

— Mãe... — comecei a dizer —, mas ela colocou o dedo na boca, dando a entender que eu me calasse. Por pouco não caí no choro.

— Deixa pra lá, temos dinheiro aqui... — Ofereceu ela, tirando algumas notas da bolsa.

— Estrangeiros mentirosos — resmungou o homem ao aceitar o pagamento.

Aqueles primeiros momentos na terra natal dos meus pais foram para mim uma profunda decepção.

Deixamos Kiel e viajamos para Ulm, no sul da Alemanha, onde minhas tias-avós moravam. Como não tínhamos onde viver, elas nos convidaram para ficar em sua casa, pelo menos por uns tempos.

Acostumados com a cordialidade, a gentileza e a tradicional hospitalidade brasileira, não tardou para que entrássemos em choque, principalmente eu, com a impressionante animosidade e o mau humor dos alemães daquela época.

As minhas tias-avós, tia Maria e tia Dora, nos receberam com carinho, mas, como moravam num apartamento pequeno, foi inevitável que a nossa vinda causasse certo desconforto.

Depois de três semanas, viajamos para Deggendorf, na Baixa Bavária, a cidade natal do meu pai, de onde ele partira havia 18 anos.

O irmão do meu pai, casado e com cinco filhos, duas moças e três rapazes, tocava a lavoura herdada dos meus avós.

Ali eu senti como se voltasse a respirar. A fartura típica de uma lavoura bávara, as florestas majestosas, os campos que estavam começando a dar frutos... Era o paraíso! Com os meus primos comecei, aos poucos, a descobrir os encantos daquela região bonita às margens do Rio Danúbio.

Mas infelizmente a realidade se mostrava cada vez mais sombria. Para os nazistas, éramos "traidores" e "aproveitadores". Na visão deles, os alemães que abandonaram a Alemanha depois da Primeira Guerra Mundial, quando o país estava no chão, e que agora, com a crescente prosperidade, regressavam estavam se aproveitando do bem-estar construído por aqueles que haviam ficado.

Quanto ao meu pai, estava disposto a tentar a vida na Alemanha. Lembro-me muito bem das discussões entre ele e meu tio.

– Franz – disse meu tio, em tom grave –, este louco do Hitler vai começar uma guerra.

– Imagine – retrucou meu pai, com um tapinha carinhoso no braço do irmão. – Hitler não é louco a esse ponto, caro irmão. Faz apenas vinte anos que a última guerra terminou, culminando na tragédia que todos conhecemos. Hitler não vai arriscar uma nova catástrofe.

Meu tio balançou a cabeça, acendeu seu cachimbo com gestos lentos e contestou:

– A anexação da Áustria foi só o começo...

– Sem derramar uma gota de sangue – interrompeu meu pai.

Meu tio deu de ombros:

– Acredite, irmão, Hitler não vai se contentar. Agora está começando a se incomodar com Danzig. A questão do corredor[2] está se tornando polêmica demais. Eu acho que ele está de olho na Polônia. Aliás, tudo leva a crer que Hitler quer a Europa inteira.

---

[2] A Crise de Danzig (hoje Gdansk) foi uma crise diplomática que antecedeu a Segunda Guerra Mundial. "Corredor Polonês" é o nome popular dado a uma faixa estreita de terra entre a Polônia e a Alemanha cuja posse foi motivo de numerosos e contínuos atritos entre os dois países. Em março de 1938, Hitler pediu a devolução de parte desse território, e a recusa da Polônia acabou desencadeando a Segunda Guerra Mundial.

– Que absurdo! – exclamou meu pai. E ponderou: – Como eu já disse, Hitler simplesmente não tem condições para começar uma guerra.

– Ora, Franz – irritou-se meu tio –, não seja ingênuo! A partir do momento em que os nazistas ganharam as eleições, em 1933, começaram imediatamente a eliminar com extrema brutalidade toda e qualquer oposição.

Meu pai suspirou:

– É... o que está acontecendo aqui... pra dizer a verdade, eu não imaginava que fosse assim... se eu soubesse... Mas uma coisa é inegável, Hitler cumpriu a sua promessa de tirar o país da miséria e de aquecer a economia. É só olhar ao redor: não existe mais desemprego, não existe mais fome... Ele não vai colocar tudo em risco e começar uma guerra. Acalme-se, irmão, não vai acontecer nada!

Dias depois meu pai foi "convidado" a comparecer na Gestapo, a sede da polícia alemã. Lá foi submetido a uma espécie de interrogatório, que ele nos relatou detalhadamente depois.

– O senhor é americano? – perguntou o policial, como de costume em tom agressivo.

– Não, eu nasci na Alemanha, emigrei para o Brasil em 1920 e tenho um filho brasileiro.

– Hum... por que deixou a Alemanha em 1920?

– Não havia perspectivas depois do fim da Primeira Guerra Mundial – respondeu meu pai, calmamente.

O homem fez algumas perguntas sobre a América, e o meu pai lhe disse que nada sabia sobre ela, pois vivera no Brasil, o que era bem diferente.

O homem pigarreou e em seguida constatou:

– Brasil... América... tanto faz!

O alemão ergueu o queixo com arrogância e perguntou:

– Em caso de guerra, hipoteticamente falando, é claro, como a América reagiria?

Era uma pergunta ardilosa, pois qualquer palavra mal interpretada poderia levar meu pai à prisão. Por alguns minutos se fez silêncio. Irritado, o homem da Gestapo bateu com a mão na mesa e disse:

— O senhor deve ter uma opinião a respeito, afinal viveu grande parte da sua vida no exterior!

— Eu já disse que vivi no Brasil e não sei nada sobre a América.

— Ora, Sr. Loibl, não vai me dizer que o Brasil não fica na América! — continuou o homem.

O que fazer diante de uma situação por um lado tão perigosa e, por outro, tão ridícula? O policial encarou meu pai de maneira ameaçadora e insistiu:

— E então, Sr. Loibl? Responda! Em caso de guerra, uma hipótese, é claro, segundo sua opinião, qual seria a posição da América? Eu exijo uma resposta!

Meu pai resolveu arriscar:

— Então vamos falar da América, mais precisamente dos Estados Unidos, um país, repito, que não conheço.

E, repetindo as palavras do alemão:

— Hipoteticamente falando, é claro, em caso de guerra, pelo menos é o que eu penso como expectador um tanto distante, os Estados Unidos estariam bem preparados.

— Ah, é? E por que o senhor acha isso? — perguntou o alemão, em tom arrogante.

Meu pai deu de ombros e disse com cautela:

— Bem... hum... eu não sou a pessoa indicada para opinar a esse respeito, mas, pelo que me consta, trata-se de um país com uma produção industrial bem estruturada, que, em caso de guerra, sempre falando em hipóteses, estaria totalmente voltada para a fabricação de tanques, aviões e outros materiais bélicos.

Por alguns instantes se fez um silêncio suficiente para meu pai se imaginar preso ou coisa pior. De repente, o homem da

Gestapo se debruçou para a frente, apoiou as mãos na mesa e disse:

– Farei uma anotação nos autos sobre isso. O senhor tem sorte por eu considerá-lo um grande idiota. Caso contrário, eu seria obrigado a prendê-lo por favorecer um eventual inimigo da Alemanha. Bom dia, Sr. Loibl.

Eu e meus primos na lavoura de Deggendorf.

8

CHEGOU O MOMENTO DE DIZER adeus aos campos floridos da Bavária. O nosso dinheiro estava acabando, e meu pai começou a procurar recolocar-se no mercado de trabalho.

Ele teve sorte quase de imediato: uma empresa fabricante de maquinário para a indústria madeireira situada na Silésia (território alemão que hoje pertence à Polônia e chama-se Slask) ofereceu-lhe a representação de suas máquinas para todo o sul da Alemanha. O mercado daquela época era muito promissor, e meu pai recebia ótimos rendimentos, o que nos proporcionou uma vida bastante confortável. Ele tinha um automóvel à sua disposição, e minha mãe e eu muitas vezes o acompanhávamos em suas viagens. Desse modo, tive a oportunidade de conhecer boa parte da Bavária, a Áustria, os Alpes etc.

Mas a crescente animosidade contra os alemães que vieram "de fora", a total falta de liberdade, o extremo cuidado que era preciso ter com tudo que se dizia ou fazia, amargaram e dificultaram a nossa vida cada vez mais.

Algumas situações ficam gravadas na memória como se tivessem sido estampadas a ferro e fogo no cérebro: certo dia, em uma de nossas viagens, chegamos perto da fronteira da Suíça e meu pai sugeriu que visitássemos o país. Era um dia chuvoso e triste, e o nosso ânimo não estava dos melhores.

Eu e minha mãe, um tanto perplexos, depois de sermos
impedidos de atravessar a fronteira para a Suíça.

Quando chegamos à fronteira, um alemão uniformizado nos barrou:

— Passaportes!

Meu pai lhe entregou nossos documentos. O homem olhou para eles, nos encarou como se fôssemos insetos exóticos, franziu a testa e perguntou, agressivo:

— Judeus?

— Não — respondeu meu pai.

O homem olhou para mim e disse:

— O menino nasceu no...

— Brasil — completou minha mãe, nervosa.

— Por que querem ir à Suíça? — perguntou o homem.

Meu pai demonstrou uma calma que estava longe de sentir. Eu não entendi o que estava acontecendo, mas me vi acuado e, pela primeira vez na vida, senti um frio na espinha, prenúncio do pânico que nos anos seguintes não mais me abandonaria.

— E, então? — insistiu o homem.

Meu pai respirou fundo:

— Como o senhor pode ver, sou representante desta empresa para o sul da Alemanha e, como estamos perto da fronteira, pensei que...

— Pensou errado! — interrompeu o homem rudemente.

— Mas, por que... — disse meu pai. O homem fez um gesto de impaciência, nos encarou e o interrompeu batendo com os nossos documentos na palma da mão, como se estivesse indeciso sobre o que fazer.

Foram momentos de tensão, e eu admiro até hoje o sangue-frio dos meus pais, o que com certeza ajudou a resolver a situação. Nunca soubemos qual era o problema naquela fronteira. Àquela altura, não queríamos atravessá-la nem conhecer a Suíça: o nosso único desejo era sair dali!

Finalmente, depois de alguns minutos que nos pareceram uma eternidade, o homem nos devolveu os passaportes:

– Brasil – exclamou com desdém. E depois perguntou: – Por acaso estão querendo fugir?

Meus pais iam protestar, mas o homem fez um gesto autoritário:

– Pois fiquem sabendo que é tarde! Já que estão aqui, comportem-se como bons alemães e sirvam ao Reich.

Meu pai não reagiu, e o homem engrossou ainda mais:

– Estão esperando o quê? Sumam daqui! – gritou.

Seguimos alguns quilômetros sem pronunciar uma única palavra. De repente, minha mãe pediu ao meu pai que parasse o carro. Ela abriu a porta, desceu e respirou fundo. Com voz trêmula disse:

– Meu Deus, o que foi isso? O que fizemos de errado? Ah... nunca devíamos ter saído do Brasil!

– Agora é tarde para o arrependimento – emendou meu pai, secamente.

9

QUANDO CHEGOU o momento de eu ir à escola, diferentemente do que ocorria no Brasil, onde eu gostava de frequentar as aulas, senti um medo e uma resistência inexplicáveis. Foi uma reação intuitiva, como se eu soubesse o que estava por vir. Nas escolas daquela época, desde a mais tenra idade, as crianças eram sistematicamente dogmatizadas para se tornar cegas e obedientes seguidoras do Führer.

No entanto, não havia como evitar que eu frequentasse a escola, e não demorou para que começasse o que hoje chamo de meu calvário pessoal. Foi um impacto. Eu jamais havia me sentido "diferente" e nunca tinha sofrido qualquer tipo de preconceito. Em São Paulo, eu era uma criança normal, igual a milhares de outras da minha idade.

As lições que eu aprendi na Alemanha nazista foram contundentes e marcaram a minha vida. Sobretudo, ensinaram-me que a tolerância é fundamental para uma coexistência digna.

De início as agressões eram apenas verbais:

– Traidor! Inimigo do Reich! – Eram algumas das calúnias que gritavam para mim, só pelo fato de eu ter nascido em outras terras.

E, uma vez solta a fúria do fanatismo, não tardou para que começassem as agressões físicas, e não havia nada nem ninguém que as impedisse. Comecei a ser surrado pelos colegas pelo simples fato de ser estrangeiro. Nas primeiras vezes, eu ainda tentei me defender, embora não soubesse bem do que estava me defendendo.

– Eu sou como vocês! Olhem para mim, sou loiro, sou claro! Meus pais são alemães, como vocês – argumentei em vão. Pelo contrário, minhas palavras os deixaram ainda mais irritados.

Primeiro tive vergonha de contar à minha mãe o que estava acontecendo. Eu me sentia humilhado e reduzido a nada. Até o dia em que voltei para casa ensanguentado e, aos soluços, contei tudo.

Minha mãe ficou revoltada, mas também receosa de contar ao meu pai, com medo de que ele tomasse uma atitude drástica que pudesse nos prejudicar.

Tínhamos um vizinho, um homem quieto, um tanto tímido, Herr Schmidt, que, por algum motivo, simpatizou conosco e sempre trocava algumas palavras com a minha mãe sobre "assuntos inofensivos".

Num dos encontros casuais na escadaria do prédio em que morávamos, a minha mãe, com o coração transbordando, resolveu contar a Herr Schmidt o meu problema na escola. Naquela manhã fria de outono, o introvertido alemão, por razões que apenas o coração conhece, deixou de lado toda e qualquer cautela e deu vazão aos seus sentimentos:

– Eu odeio os nazistas. Eu os odeio desde o começo. Odeio sua presunção de querer dominar e controlar tudo e todas as pessoas, de mutilar drasticamente a liberdade individual. Odeio sua total falta de ética.

Minha mãe ficou estarrecida, pois falar dessa maneira era totalmente inconsequente e podia arrastar todos nós para a desgraça. Ela o interrompeu imediatamente:

– Herr Schmidt, por favor... eu só quero resolver o problema do meu filho!

O homem caiu em si, respirou fundo e, bem mais moderado, aconselhou:

– Olha, senhora, o melhor a fazer seria que vocês voltassem para a sua terra ou então procurassem outra escola... enfim... ah, não sei – disse, gaguejando. Depois virou-se e desceu a escadaria do prédio quase correndo.

A situação estava insustentável, e minha mãe resolveu falar com o diretor da escola, Herr Gerhardt, um nazista fanático. Aconteceu o que era de esperar. Indignado, Herr Gerhardt se colocou numa postura agressiva e disse:

– Eu proíbo a senhora de falar nesse tom comigo! É melhor a senhora se controlar e parar com essa agitação!

Minha mãe respondeu com um sorriso amarelado no rosto:

– Mas, Herr Gerhardt, eu não estou dizendo nada demais. Só estou lhe pedindo para acabar com as agressões totalmente gratuitas contra meu filho. Eu só...

– Senhora – interrompeu o diretor –, as nossas crianças não têm nada a ver com isso. Foi seu filho que provocou, e, é claro, um jovem alemão se vê na obrigação de reagir a qualquer tipo de provocação.

– Mas... – recomeçou minha mãe, sem sucesso. Não havia condições de desenvolver um diálogo civilizado com aquele fanático. Éramos e permaneceríamos sendo "os americanos" até o triste fim. Ao menos as agressões físicas acabaram. O ódio velado, porém, ficou.

10

CONTINUAMOS morando com as tias Dora e Maria, apesar dos esforços de meus pais para conseguir uma casa, o que acabou se revelando bem mais difícil do que havíamos imaginado. Elas não se cansavam de afirmar que éramos bem-vindos e que poderíamos morar com elas o tempo que fosse necessário. No entanto, apesar de toda a boa vontade de ambas as partes, o espaço do apartamento era muito limitado, e a falta de privacidade incomodava bastante meus pais. Eu até achava bom morar lá, pois elas me mimavam o tempo inteiro.

Em certo momento, meu pai resolveu tentar a sorte com o prefeito de Ulm, *Herr Ostermann*, mas voltou arrasado.

— E aí, como foi? — perguntou tia Maria, quando ele chegou, à noite.

Meu pai, que nos últimos tempos estava sempre mal-humorado, respondeu:

— Sabe o que aquele *senhor* me disse? Pois eu vou repetir: *Vocês, como estrangeiros, não têm direito nenhum a uma moradia na Alemanha! Arranjem-se!*

— Isso é... — começou tia Maria, mas foi interrompida pela minha mãe, lamentando-se:

— Não sei como vamos resolver essa situação, Maria, não sei mesmo!

— Ah, Martha... — suspirou tia Maria, com ar de cansaço, ao mesmo tempo que meu pai saiu da sala, batendo a porta.

Um cheiro agradável de comida pairava no ar, acompanhado pelo ruído aconchegante de pratos e talheres. Tia Maria enxugou as mãos em uma toalha.

Era o dia 9 de novembro, e nessa data Hitler sempre festejava com sua famosa marcha para a Feldherrnhalle[3]. Todas as casas estavam enfeitadas com as tradicionais bandeiras nazistas, ostentando o símbolo da suástica.

O delicioso aroma me levou à cozinha, o lugar mais aquecido da casa, sempre com algo bom para comer. Não pude deixar de ouvir os lamentos da minha mãe, na sala:

— O Rudi tem problemas na escola e dizem que a culpa é dele, e não das crianças alemãs que batem nele. Não conseguimos arrumar nem um pequeno canto onde morar e...

Tia Maria a interrompeu, suspirando:

— Eu não consigo dormir pensando em vocês... Hoje eu soube que uma amiga nossa e o marido deixaram a Alemanha. Acho que vocês deveriam voltar ao Brasil o mais rápido possível!

Lambendo o chocolate de uma das panelas em que tia Maria batera a massa de um bolo, eu me senti tremendamente só e revoltado. Ninguém ligava para a minha presença, e todos discutiam o tempo inteiro, mas até o momento não haviam conseguido resolver a minha situação.

As duas foram à cozinha.

— Você quer um chá, Martha? — perguntou tia Maria. Para ela, "um chá" resolvia tudo.

— Eu só quero um pouco de paz! — respondeu minha mãe, empurrando o pires à sua frente.

---

[3] Trata-se de um templo em Munique construído entre 1841 e 1844, como símbolo de honra do Exército bávaro. No dia 9 de novembro de 1923, Hitler marchou com seus seguidores em direção a Feldherrnhalle, na tentativa de dar um golpe e chegar ao poder. O golpe fracassou de maneira sangrenta, e Hitler foi preso. Após Hitler assumir o poder em 1933, Feldherrnhalle tornou-se um local de veneração nazista.

Nosso apartamento, no primeiro andar, em Ulm.

Tia Maria colocou o bolo no forno, depois enxugou as mãos no avental e sentou à mesa, dizendo:

– É, Martha... como eu já disse, eu acho melhor...

Num ímpeto raivoso, minha mãe a interrompeu:

– Eu realmente não entendo! Afinal, o que fizemos de errado? Por que tratam a gente dessa maneira tão, tão...

– Não sei, é que está tudo tão errado... Tia Maria começou a chorar. Aliás, o que ela mais fazia era chorar, pensei, agressivo.

Nesse instante, ouviu-se alguma agitação e gritos do lado de fora:

– Judeus! Eles são a desgraça da Alemanha!

Tia Maria e minha mãe foram até a janela e arriscaram um olhar pelas frestas da veneziana fechada. Um bando de jovens alemães jogava pedras contra os vidros de uma loja do outro lado da rua.

– Fora, judeus! Fora da Alemanha! Alemães, não comprem em lojas de judeus! – berraram, com o rosto distorcido de ódio, os estilhaços espalhando-se por toda parte.

Eles continuaram gritando, mas, como ninguém apareceu, seguiram em frente, lançando ameaças antissemitas.

Tia Maria sentou-se de novo à mesa e chorou copiosamente.

– Estou apavorada, Martha, e a Dora também. Vão embora enquanto é tempo, pelo amor de Deus!

– Mas... por quê? – exclamou minha mãe, gaguejando abalada com a agressão que acabara de presenciar.

– Eles começaram essa campanha contra os judeus, ninguém sabe por que, mas, que eu saiba, essa foi a primeira vez que eles partiram para a agressão física – disse tia Maria, enxugando as lágrimas com a mão.

– Mãe, por que eles fazem isso? O que os judeus fizeram? – perguntei, aterrorizado.

– Não sei, filho – respondeu minha mãe, reforçando: – Não sei mesmo!

– Mãe, nós somos judeus? – perguntei, apreensivo.

– Não somos, filho, mas, se fôssemos, o seríamos com muito orgulho.

– Mas, mãe, por que fazem tudo isso com os judeus? – insisti.

Minha mãe passou a mão na minha cabeça, suspirou e repetiu:

– Não sei, filho. Mas o lado negro do ser humano sempre encontra motivos para cometer as piores crueldades.

Só bem mais tarde eu entenderia o profundo significado dessas palavras.

Naquela noite, quando meu pai chegou em casa, soubemos o que havia acontecido: um jovem judeu, Herschel Grünspan, havia matado a tiros Ernst von Rath, o secretário da embaixada alemã em Paris, na errônea suposição de que se tratava do embaixador alemão.

Com isso, foi dada a largada para a violência e o vandalismo. Na Alemanha inteira, sinagogas foram incendiadas. Bandos de homens da SA, abreviação de Sturmabteilung, a tropa de choque nazista, saquearam e destruíram as lojas que pertenciam a judeus e bateram em cidadãos judeus, prendendo-os indiscriminadamente. Essa noite de 9 de novembro de 1938 entrou na história como a Kristallnacht[4], marcando o início da mais cruel, sádica e sangrenta perseguição que uma raça sofreu na história da humanidade.

---

4 Kristallnacht: noite dos cristais, em alemão.

11

NO MESMO ANO veio a chamada Sudetenkrise[5], que deixou boa parte do povo alemão preocupado com a perspectiva de uma guerra, ainda que ninguém ousasse se manifestar publicamente. O Führer, mais uma vez, com seus discursos e seu jeito fanfarrão, fez promessas que não pretendia cumprir.

– Sou ex-combatente da Primeira Guerra Mundial e conheci os horrores das trincheiras! Portanto, repudio todo e qualquer conflito bélico – anunciou.

A Inglaterra e a França não se manifestaram, e não tardou para que os sudetos, os alemães nascidos naquela região, retornassem ao Reich – a maioria contra a vontade!

Finalmente, a região dos sudetos voltava a pertencer à Alemanha, com a anuência da Grã-Bretanha, da França e da própria Tchecoslováquia (atual República Tcheca). Até a imprensa internacional não fez objeção ao sacrifício da autonomia daquela gente. Tudo em nome da paz!

– As minhas reivindicações territoriais foram plenamente satisfeitas! – mentiu o Führer.

---

5 Sudetenkrise, ou "Crise dos Sudetos", foi a disputa entre a então Tchecoslováquia e a Alemanha por uma região na fronteira entre os dois países, que acabou na ocupação da Tchecoslováquia pelos alemães sem que houvesse qualquer resistência.

Mais mentiras! A mentira fazia parte do repertório de Hitler, era-lhe tão comum que provavelmente já não conseguia mais separar a mentira da verdade.

O fato é que a invasão da Tchecoslováquia por pouco não desencadeou a guerra. Graças à prudência da Inglaterra e da França, mais uma vez foi afastado o fantasma da guerra. Mas não tardou para que o Führer encontrasse um novo motivo de discórdia, dessa vez a Polônia.

12

EM JUNHO DE 1939, um verão seco e quente, tudo era tensão e apreensão. Onde quer que as pessoas se encontrassem, nas ruas, nas escadarias dos prédios, nos bares, nos restaurantes ou nas lojas, o assunto era sempre o mesmo: haveria guerra?

No dia 21 daquele mês, eu faria 9 anos e seria forçado a vivenciar acontecimentos que em nada lembravam uma infância e uma adolescência despreocupadas.

As discussões entre meus pais me estressavam muito. Quando vivíamos em São Paulo, a questão era: *Retornar ou não à Alemanha?* Agora o tema das discussões era: *Como sair da Alemanha?* Meu pai não se empenhava muito para isso, pois continuava na ilusão de que Hitler jamais chegaria ao ponto de desencadear uma guerra. Por sua vez, tanto as minhas tias-avós como o meu tio na Baváia faziam pressão para que "escapássemos enquanto havia tempo".

A questão do "Corredor de Danzig", um pequeno trecho de orla que desde o Tratado de Versalhes permitia que a Polônia tivesse acesso ao Mar Báltico, que separava a Prússia Oriental do Reich, se tornava a cada dia mais explosiva. As notícias transmitidas pelo rádio falavam em atrocidades cometidas pelos poloneses contra alemães que viviam na Polônia: mais mentiras! Nada disso estava acontecendo! Essas notícias horripilantes eram mais uma das propagandas enganosas dos nazistas. Infelizmente, grande parte dos alemães não conseguiu enxergar a verdade. E não demorou para que os seguidores cegos de Hitler se manifestassem.

– O Führer tem que agir! – exigiram.

Nesse meio-tempo, o Führer inspecionou o Westwall[6], que marcava a divisa entre a França e a Alemanha. Além disso, a Alemanha e a Itália firmaram um "pacto de auxílio mútuo", o chamado Stahlpakt (Pacto de Aço).

Em 11 de junho de 1939 – lembro bem o dia, porque a tia Maria estava preparando a minha festa de aniversário – foi promulgado o Luftschutzerlass, o decreto de proteção aérea. Cada casa ou prédio tinha que organizar um trabalho coletivo no sentido de ter sempre à mão baldes com água e areia, bem como pás e outros equipamentos necessários para combater eventuais incêndios provocados por bombas.

As janelas das casas deviam estar equipadas com cortinas escuras, para não chamar a atenção em caso de ataques aéreos.

Tia Maria resmungava:

– Cortinas pretas, que horror! Agora que consegui pendurar cortinas elegantes, eles inventam essa... É de arrepiar! E os baldes de areia? Já estou vendo a hora em que tropeço num deles e me arrebento toda... – e concluiu: – Além disso, se Deus quiser, não vai ter guerra nenhuma!

A minha mãe retrucou:

– Mas não é você, bem como a tia Dora, que sempre diz pra voltarmos ao Brasil porque vai haver guerra?

– Ah, sei lá! – Tia Maria bufou e voltou à cozinha.

---

6 Westwall era uma linha defensiva de cerca de 630 quilômetros de extensão, com 18 mil *bunkers*, túneis e armadilhas para tanques, além de estradas e ferrovias. Hitler planejou a linha em 1936 e a construiu entre 1938 e 1940. Ela se estendeu de Cèves, na fronteira com a Holanda, até a fronteira oeste da Alemanha.

13

EM AGOSTO DE 1939 os acontecimentos políticos se atropelaram. A ânsia expansionista de Adolf Hitler tornava-se cada vez mais agressiva. Estava claro que ele pretendia ocupar a Polônia. Mas, dessa vez, a Inglaterra e a França declararam um sonoro "não".

A advertência da França e da Inglaterra foi bastante clara: estavam dispostas a colocar um fim à ganância expansionista de Hitler. Chegara-se ao limite!

Nesse meio-tempo, Rippentrop, o ministro das Relações Exteriores de Hitler, assinou, em Moscou, um pacto de não agressão entre o Reich e a então União Soviética.

Em contrapartida, a Polônia firmou com a Grã-Bretanha um acordo determinando que, em caso de guerra, os dois países prestariam assistência militar mútua. E, finalmente, também a França declarou que daria assistência à Polônia, caso ela fosse atacada pelos alemães. Ao mesmo tempo, a França fechou o tráfego ferroviário com a Alemanha. A Holanda, a Bélgica e a Suíça reiteraram a sua neutralidade, ordenando, porém, uma mobilização parcial, com a justificativa de que deviam estar em condições de se defender caso tentassem envolvê-las em algum conflito.

Quanto a Hitler, ele se declarou "aberto para negociações". No entanto, no dia seguinte voltou atrás, porque não houve resposta da Polônia, que, além de fechar o caminho ferroviário para a Prússia Oriental, ainda ordenou a mobilização de suas tropas.

Quanto a mim, as agressões na escola melhoraram um pouco, mas a hostilidade com os que haviam vindo "de fora" aumentava cada vez mais. A situação só não ficou pior porque a minha mãe era sobrinha das "Srtas. Dora e Maria", conceituadas moradoras de Ulm.

Era uma tarde chuvosa e fria de sábado, 3 de setembro de 1939, como se o verão quisesse se despedir com lágrimas. Esse clima de despedida também reinava naquela triste tarde na casa das minhas tias, pois meus pais, finalmente, haviam resolvido voltar ao Brasil. Meu pai movera céus e terras e conseguiu, com alguma luta, um lugar na terceira classe de um navio de bandeira dinamarquesa, que partiria de Gênova, na Itália, para o Brasil no dia 6 de setembro. Eu estava eufórico, principalmente com a perspectiva de voltar a São Paulo e de rever meus amigos. Além disso, não teria mais de aguentar as hostilidades e as agressões dos jovens alemães.

Naquela tarde, Hilde, uma amiga de longa data das minhas tias, viera nos visitar. Era uma mulher simplória, mas nazista convicta, então precisávamos tomar muito cuidado com o que dizíamos, pois ela não hesitaria em nos denunciar caso achasse que estávamos traindo os ideais do Führer. A mulher viera orgulhosamente anunciar a gravidez do quinto filho e o fato de haver se tornado uma aspirante ao cobiçado Mutterkreuz (Cruz Maternidade), uma condecoração nazista concedida a mulheres com pelo menos quatro filhos. Era patente que o Führer precisava de mais e mais soldados, então ele incentivava a população feminina a gerar o maior número de filhos com esse tipo de reconhecimento.

Hilde não parava de falar disso. A certa altura, porém, virou-se para minha mãe e perguntou, ardilosa:

— Então vocês vão partir? Vão voltar para a América?

— Não é América, é Brasil! — eu a corrigi, em tom malcriado.

Por um momento se fez silêncio. A minha mãe me lançou um daqueles olhares de braveza com que eu já estava acostumado e disse:

— Rudi, tenha modos!

— Mas é verdade, mãe. Todo mundo fala em América, mas eu sou brasileiro — insisti.

— Rudi!

Minha mãe não só estava brava, mas, sobretudo, com medo de que eu falasse alguma coisa que pudesse nos comprometer.

— Pura falta de disciplina... — Hilde comentou, com empáfia.

Tia Dora levantou-se e abriu a janela, e o ar com cheiro de chuva invadiu a pequena sala. Sem pensar, disse:

— O importante é que vocês estarão em segurança.

— Segurança? Que segurança? — questionou Hilde, agressiva.

— Eu quis dizer... é que... toda essa situação... — gaguejou tia Dora.

Minha mãe, na ânsia de desviar as atenções e evitar uma possível discussão, foi até o rádio em cima da estante, um aparelho antediluviano que só funcionava no tapa. Apesar de todos os chiados, de repente ouviu-se a voz estridente do Führer:

— Todos os meus esforços para manter a paz e a minha interminável paciência não devem ser interpretados como covardia ou fraqueza...

— Meu Deus! — murmurou minha mãe, e eu percebi quanto ela estava enojada com a conversa do homem que os alemães elegeram seu dirigente. A atenção de Hilde estava voltada para as palavras do Führer. O rádio continuou a vomitar palavras metálicas:

— ...soldados da Polônia, hoje à noite, pela primeira vez, atiraram em território alemão!

Eu e minha mãe.

Mais tarde soubemos que Hitler havia vestido alguns prisioneiros dos campos de concentração com uniformes poloneses, a fim de encenar um ataque à rádio alemã Sender Gleiwitz, na cidade de Gleiwitz, então fronteira entre a Polônia e a Alemanha, cavando um motivo que justificasse seu ataque à Polônia.

As palavras lançadas pela voz rouca e histérica pareciam rajadas de metralhadora e nos deixaram estarrecidos.

— Desde as cinco horas e quarenta e cinco minutos desta manhã, estamos revidando aos tiros!

Nesse dia 3 de setembro de 1939, a Inglaterra havia enviado um ultimato à Alemanha: caso o governo inglês, até as quinze horas do horário britânico de verão, não recebesse a notícia positiva de suspensão das ações bélicas alemãs na fronteira com a Polônia, a Inglaterra estaria declarando "estado de guerra".

Quando o Führer se calou, começaram a tocar a "Deutschlandlied", o hino nacional alemão.

Tia Dora quis desligar o rádio, mas Hilde não deixou.

— Ainda bem que vocês estão de partida... — murmurou tia Maria. E começou a chorar.

— O Franz está demorando... — disse a minha mãe, preocupada. Naquele instante, tocaram a campainha. Ela deu um pulo e exclamou:

— Deve ser o Franz!

O que aconteceu então foi um choque que abalou a todos, mas que me deixou especialmente arrasado.

Era a polícia! Vieram nos comunicar de que o nosso visto de saída havia sido cancelado e que estávamos impedidos de deixar a Alemanha. Foi como se tivessem cravado uma faca no meu coração! Pela primeira e única vez na vida me revoltei contra minha mãe. Eu lhe joguei palavras que nunca deveria ter dito.

— Eu te odeio! A culpa é sua! — gritei. E antes que alguém pudesse falar ou fazer alguma coisa, saí correndo, aos prantos.

14

ESTÁVAMOS EM GUERRA! Em menos de um mês, Hitler invadiu a Polônia, e nos rádios não se ouvia outra coisa a não ser os discursos do Führer sobre sua grande vitória.

Depois que nosso visto de saída foi cancelado, meus pais não desistiram de lutar: começaram a fazer planos e mais planos, todos sem êxito. Os obstáculos eram imensos! Naqueles dias eu senti uma profunda tristeza, provavelmente o que hoje chamamos de depressão. Um futuro incerto se estendia à minha frente, um tremendo vazio, uma insegurança total. Minha mãe não disse uma palavra sobre o meu rompante. Aliás, ninguém comentou aquela cena horrível nem contou nada ao meu pai. Eu já havia me arrependido, mas não tive coragem de lhe pedir desculpas.

– Se pelo menos conseguíssemos chegar até Lisboa – lamentou meu pai certa noite, desanimado. E explicou: – Dizem que, de Lisboa, partem muitos navios rumo ao Brasil.

– Pelo amor de Deus! – exclamaram minhas tias em coro. – Usem a cabeça! Pensem no menino. Se fossem só vocês dois, mas com o Rudi... é simplesmente loucura!

Minha mãe começou a chorar, meu pai andou de um lado para o outro, amassando entre os dedos um barbante, como sempre fazia quando estava nervoso.

– Que situação! – exclamou ele, explodindo de raiva.

— Gritos não resolvem nada — disse tia Dora. E completou com a frase costumeira de otimismo: — Talvez a guerra acabe logo, ninguém sabe...

— Pois é — retrucou meu pai com ironia. E repetiu: — Ninguém sabe.

Minha mãe saiu da sala sem dizer palavra.

— Eu vou ver o que posso fazer. — Meu pai pegou seu chapéu e caminhou em direção à porta.

— Franz — exclamou tia Dora —, já é tarde. Hoje você não consegue mais nada!

Mas ele não lhe deu ouvidos.

Infelizmente, todos os esforços de nada adiantaram: não conseguimos sair da Alemanha.

Em Ulm, meus pais haviam feito amizade com um casal sem filhos do Rio de Janeiro, os Dörflingers. Ela era carioca e ele, alemão. Eles também queriam voltar ao Brasil a qualquer custo.

Logo no início da guerra, o casal conseguiu embarcar em um navio de bandeira italiana que estava partindo de Gênova para o Rio de Janeiro.

Dez horas após o navio ter deixado o porto, na costa da França, a guarda costeira francesa recebeu uma mensagem via radar de que "havia alemães a bordo".

O Sr. Dörflinger, sendo alemão, foi preso pelos franceses, enquanto sua esposa, por ser brasileira, teve permissão de seguir para o Rio de Janeiro. Depois da ocupação da França pelos nazistas, o Sr. Dörflinger foi libertado pelos alemães, mas, em contrapartida, teve de lutar na guerra até seu triste fim.

O casal havia tentado convencer meus pais a embarcar com eles no mesmo navio — isso antes de o nosso visto ter sido cancelado —, mas meu pai, que às vezes parecia ter alguma premonição, lhes disse: "Vão vocês, eu não confio nessa história". O desfecho provou que ele tinha razão.

Nessa época, começou o racionamento na Alemanha, inclusive de gêneros alimentícios. A fim de garantir a ordem e a disciplina, foram distribuídos *Lebensmittelkarten* (vales). Só se conseguia alimentos por meio de vales. No início, levamos tamanha economia na brincadeira. Costumávamos dizer: "Não coma tudo de uma vez. Tem que sobrar para amanhã". Num futuro não muito distante, aprendemos o que é sentir fome.

Felizmente, naqueles primeiros meses de guerra, não passamos fome. Minhas tias-avós tinham parentes no campo, camponeses que nos abasteciam com leite, manteiga, ovos e outros alimentos.

Lembro, como se fosse hoje, que chorei muito no dia em que ficamos observando da janela do nosso pequeno apartamento no primeiro andar a passagem dos cavalos que haviam sido confiscados pelo Exército.

– Que tristeza! – exclamou tia Maria, que mal conseguia conter as lágrimas.

– Por que eles estão levando os cavalos? – perguntei.

– É, filho, da guerra, nada nem ninguém escapa... Milhares de cavalos foram literalmente estraçalhados na Primeira Guerra Mundial, e agora isso...

– Mas, por que os cavalos, tia? – insisti.

Tia Maria suspirou e disse:

– É assim mesmo, filho. Eles precisam dos cavalos para um monte de coisas – respondeu ela, vagamente.

15

OS TEMPOS MUDARAM, e hoje as guerras são diferentes. Não se precisa mais de cavalos, e os métodos de crueldade foram aprimorados... Mas voltemos ao passado.

Natal de 1939. Apesar do inverno rígido e da guerra em franco andamento, festejamos o Natal mais ou menos tranquilos. Até então, não havia acontecido nada de muito ruim conosco. Como a maior parte das pessoas, seguíamos embalados por uma tranquilidade ilusória de que a guerra "iria acabar logo".

Numa manhã cinzenta e fria de março, porém, com o céu encoberto, me vi diante da sórdida degradação imposta ao ser humano por aquele regime diabólico. Eu havia faltado à aula, pois estava febril; aliás, eu costumava agradecer à febre sempre que ela vinha, pois que me poupava de encontrar pessoas odiosas. Minha mãe havia saído para trocar alguns vales e eu e tia Maria estávamos na sala quando a campainha tocou. Era Rebeca, uma moça judia que frequentava a escola com minha mãe na Alemanha antes de ela emigrar para o Brasil. Rebeca, que eu só tinha visto uma vez e que guardara na lembrança como uma mulher pálida e quieta, estava mais branca do que nunca e totalmente transtornada.

— Rebeca! – exclamou tia Maria ao vê-la, colocando o prato que tinha nas mãos de volta no armário. – O que aconteceu? Você está branca como a parede!

Rebeca deixou-se cair no sofá da sala de tal maneira que eu fiquei com medo de que o nosso velho sofá quebrasse. Depois cobriu o rosto, começou a chorar e disse, aos soluços:

– Meu pai... ele recebeu uma intimação. Tem de estar à disposição... vão levá-lo para Dachau![7] – O corpo dela estremeceu inteiro.

Presenciei aquela cena sem entender nada. O que era Dachau? Alguma prisão? E se fosse, o que o pai dela havia feito de errado?

– Mas... não é po... possível... Por quê? – comentou minha tia-avó, gaguejando.

Rebeca ergueu a cabeça, o rosto vermelho e inchado de tanto chorar, e exclamou, aos prantos:

– Maria, Dachau é... um campo de concentração!

Meu pai costumava dizer que tia Maria vivia fora da realidade e que demorava para entender as coisas. Na verdade, ela era um doce de pessoa, mas simplesmente se recusava a aceitar as crueldades que estavam acontecendo ao seu redor. Diferentemente da irmã, tia Dora, bem mais realista, tia Maria teve muita dificuldade em se adaptar àquele mundo mergulhado no absoluto terror.

Rebeca assoou o nariz e continuou:

– Além disso, perdi o emprego. Não era um grande emprego, mas me dava o sustento... Até que o meu chefe é um sujeito bom, mas os alemães não podem mais dar emprego a judeus.

– Que covardia! – exaltou-se minha tia.

Então Rebeca defendeu o ex-chefe:

– Ele não tem culpa. É um homem idoso e tem medo de sofrer represálias se continuar comigo. – Depois continuou, num choro descontrolado: – O que eu faço agora?

---

[7] O campo de concentração de Dachau ficava a cerca de 15 quilômetros ao noroeste da cidade de Munique, a capital da Baviera, e foi construído em 1933 pelos nazistas em uma antiga fábrica de pólvora. Chegou a abrigar mais de 200 mil prisioneiros e, a partir de 1941, foi usado para o extermínio de cerca de 30 mil pessoas.

— Tia, os soldados também vão me levar para Dachau? — perguntei, assustado.

Tia Maria arregalou os olhos. Manchas vermelhas haviam se formado em seu rosto. E ela exclamou:

— Não fale besteira, menino, e vá para o seu quarto.

Rebeca me lançou um olhar agressivo, como se eu fosse culpado de alguma coisa.

— Você não é judeu! — disse ela, em tom de censura.

— Mas eu sou brasileiro! Tenho de ir para Dachau por causa disso? — perguntei novamente.

Foi a primeira e única vez que vi tia Maria brava:

— Vá para o seu quarto *imediatamente!* — gritou ela.

Eu me encolhi, mas não a obedeci.

— O que eu faço agora? — Rebeca indagou de novo. Com gestos bruscos que mostravam seu nervosismo, minha tia tirou algumas coisas de cima da mesa, arrumou outras, tudo acompanhado por palavras que não tinham nada a ver com o assunto.

Rebeca levantou a cabeça e continuou:

— Ah, Maria... estou atropelando você com meus problemas. A verdade é que ninguém pode me ajudar.

— Não! Você é nossa amiga... Vou fazer um chá. Café não temos, você sabe, estão racionando tudo... — ofereceu tia Maria.

Rebeca, um pouco mais calma, ou pelo menos tentando se controlar, assoou o nariz de novo e comentou:

— Dizem que Dachau não é dos piores...

Nisso a porta se abriu e minha mãe entrou na sala. Tirou o casaco, o chapéu e as luvas.

— Puxa, está cada vez mais difícil, eu quase... Rebeca! — exclamou, surpresa. — Faz tempo que você não aparece! Por onde... O que foi?

Rebeca começou a chorar de novo.

— Ela perdeu o trabalho, o pai recebeu uma intimação, vão levá-lo para Dachau... — começou minha tia, um tanto confusa.

– O quê? – murmurou minha mãe, sentando-se à mesa. – Conta essa história... Eu não acredito!

Rebeca repetiu o que já havia nos contado, com as lágrimas escorrendo.

Quando terminou, fez-se um longo silêncio, só interrompido pelos soluços.

– Dizem que Dachau não é ruim – explicou tia Maria, repetindo o que Rebeca dissera havia pouco.

Furiosa, como se a coitada fosse culpada de tudo o que estava acontecendo, minha mãe virou-se para ela e gritou, revoltada:

– Que absurdo!! – Então ela suspirou e, com as mãos trêmulas, recolheu algumas migalhas de pão da mesa.

Depois, como se tivesse medo de que alguém ouvisse, disse baixo e gaguejando:

– Ouvi boatos... Esses... esses cam... campos de concentração de... devem ser horríveis. Os Dörflingers falaram sobre isso, ouviram de outras pessoas... Se bem que nunca foi confirmado... É claro que não... Mas, as pessoas ne... nesses campos... Ah, não sei...

– Mas... por que o pai da Rebeca? – perguntou tia Maria. – Ele não fez nada! Pelo contrário, lutou na Primeira Guerra pela Alemanha! Eu não entendo...

Rebeca assoou o nariz mais uma vez, deu de ombros e respondeu à pergunta com uma única frase:

– Somos judeus!

E, com isso, tudo estava explicado, resolvido, decidido. Não havia nada que alguém pudesse fazer.

16

CERTA MANHÃ de março de 1940, acordamos com as ruas em polvorosa.

Fanfarras, gritos de júbilos, o histerismo era total.

Corremos até a janela em que minhas tias estavam, envoltas em mantas e tremendo de frio. O lugar mais aquecido da casa era a cozinha, onde o velho fogão a carvão fornecia um pouco de calor.

Nos anos seguintes, com o avanço da guerra, o carvão ficaria cada vez mais escasso e o frio nos meses de inverno, acrescido da fome, aumentaria o sofrimento de todos. Mas isso só mais tarde.

— Tropas alemãs ocuparam a Dinamarca e a Noruega — informou tia Dora.

— Mas... assim... sem mais nem menos? — perguntou minha mãe.

Tia Dora deu de ombros:

— Pelo que fiquei sabendo, tem algo a ver com minério de ferro.

Os ingleses haviam planejado desembarcar na Noruega, para encurralar a Alemanha, mas os alemães chegaram 10 horas antes dos ingleses.

A conquista da Noruega foi rápida.

Memórias de um Adolescente Brasileiro na Alemanha Nazista

Mamãe e eu em um cemitério de soldados tombados no front.

Em Narvik[8], um importantíssimo porto para o escoamento de minério de ferro, os combates se estenderam durante alguns meses.

Em 10 de maio de 1940, logo cedo, outra *Sondermeldung* (anunciado especial). O Exército alemão atacou por todos os lados: a Holanda, a Bélgica e a França! Um anúncio atrás do outro, uma vitória seguida de outra: o júbilo era incrível. Em todas as casas havia bandeiras hasteadas. A França capitulara incondicionalmente. Os alemães, que não tinham esquecido a sua humilhante capitulação de 1918, estavam delirando: finalmente a revanche!

Hitler exigiu que a capitulação francesa, a 22 de junho de 1940, fosse assinada em Compiegne, no mesmo local onde, 22 anos antes, os alemães haviam assinado o armistício que pôs fim à Primeira Guerra Mundial. Desse modo, Hitler pretendia humilhar os franceses e vingar a derrota alemã de 1918. Não satisfeito, o Führer ainda ordenou que a cerimônia da assinatura acontecesse no mesmo vagão de trem que havia sediado a rendição alemã.

A França se viu diante da seguinte situação: dois terços do país estavam sob domínio alemão, o Exército francês fora completamente dissolvido, e o país ainda deveria arcar com o custo da invasão alemã.

Tudo se deu de modo tão rápido que o mundo ficou estupefato. Acabara de acontecer o famoso *Blitzkrieg* (guerra-relâmpago), e Hitler, inebriado, clamava para si a glória de ser o maior estrategista militar de todos os tempos. Ordenou que em todo o Reich fossem hasteadas bandeiras

---

[8] O porto de Narvik, na Noruega, se tornou estratégico por causa do minério de ferro, que vinha das minas de Kiruna, na Suécia. Narvik e Kiruna eram ligados por uma ferrovia através das montanhas que dividem a Suécia e Noruega. Apesar de ter declarado a neutralidade, ficou patente que a Noruega tinha importância estratégica. Assim, no início de 1940, Hitler voltou suas atenções para a Escandinávia, enfocando principalmente as jazidas de ferro da Suécia, para a produção do aço que necessitava para alimentar sua máquina de guerra.

durante dez dias, para festejar a "mais gloriosa vitória de todos os tempos".

Depois dessa vitória, o mundo achou que nada mais impediria a invasão da Inglaterra. Após a caótica retirada de Dunquerque, os ingleses estavam praticamente indefesos. Para os alemães, seria apenas atravessar o Canal da Mancha. Mas nada aconteceu. A hesitação de Hitler em invadir a Inglaterra se tornaria um dos enigmas dessa guerra.

17

A SAUDADE DO BRASIL doía. Meus pais nutriam a ilusão de que, após a derrota da França e a não invasão da Inglaterra, a guerra iria acabar. Hitler enviou uma proposta de paz à Inglaterra, que o primeiro-ministro, Winston Churchill, rejeitou sem meias palavras.

Quanto a mim, mudei de escola, passando a frequentar a *Realschule*, o Ensino Fundamental II da época. Na nova escola, as agressões diminuíram, mas não havia as condições necessárias para que eu conseguisse me adaptar, e eu também jamais aceitaria a mentalidade dos jovens alemães daquela época. Além disso, eu continuava revoltado por não termos conseguido voltar ao Brasil. Em termos de trabalho, logo no início da guerra meu pai havia perdido o emprego. A empresa que nos havia garantido uma confortável existência fora transformada numa indústria de armamentos para a guerra. Ali não havia vaga para meu pai.

Foi preciso encontrar uma nova colocação o mais rápido possível, e, quando lhe ofereceram um modesto cargo no escritório da Central Elétrica, ele o aceitou sem hesitar, embora o cargo estivesse muito abaixo da sua capacitação. Além do péssimo salário, meu pai, acostumado a trabalhar com certa autonomia, se viu, de repente, trancado em um limitado escritório, sem liberdade alguma. O nosso padrão de vida caiu consideravelmente, e tivemos de vender o nosso carro, que nos garantia certa mobilidade.

A guerra, o emprego odiado, a hostilidade dos alemães... A infelicidade passou a ser uma constante em nossa vida.

O único raio de luz naqueles dias tristes foi que meu pai, então com 42 anos, ficou isento do alistamento, pelo menos por um tempo, pois nos primeiros anos da guerra só foram convocados para combater homens mais jovens.

Era uma manhã gelada de domingo. Tia Maria, as mãos sempre ocupadas, abriu a portinhola do velho, pequeno e parcialmente enferrujado fogão a carvão. De um balde de latão, outrora quadrado, agora bastante amassado e informe, tirava pequenos nacos de carvão acinzentados, de má qualidade, com que alimentava a boca do fogão para lhe arrancar um pouco de calor.

— Se fosse um carvão de boa qualidade, demoraria mais tempo para queimar e nos aqueceria muito mais — murmurou minha tia, as mãos sobre o avental branco recobrindo o vestido preto.

O fogãozinho começou a borbulhar, esguichando uma chuva de centelhas. Minha tia protegeu o rosto com a mão, bateu a portinhola e colocou o balde no chão.

— Carvão de má qualidade! — resmungou de novo.

Meu pai, andando de um lado para outro, disse, irritado:

— O que isso importa?

— É que... — começou tia Maria. Mas ela foi logo interrompida por meu pai:

— Nada é tão terrível como tudo isso que está acontecendo. A falta de liberdade, aquelas coisas horríveis que fazem com as pessoas, principalmente os judeus... ah, enfim, tudo!

— Franz, a gente precisa manter a calma. Você sabe como é perigoso ficar falando essas coisas — advertiu minha mãe, que acabara de entrar na sala. Meu pai se virou para ela, exaltado, e prosseguiu:

— Nada disso deveria estar acontecendo com a gente, não é mesmo?

Palavras que continham uma acusação velada e, como sempre, faziam minha mãe sentir-se culpada.

Eu me senti dividido: por um lado, achava que meu pai tinha razão em culpar minha mãe pelo que estava acontecendo com nossa família. Mas, por outro, eu também não queria que minha mãe sofresse.

— Mãe... — comecei a falar, mas fui interrompido pela campainha.

Em Ulm, por incrível que pareça, havia outro "casal brasileiro". Chamavam-se Wilde e, como nós, haviam vendido tudo no Brasil e retornado à Alemanha.

O Sr. Wilde se viu na mesma situação do meu pai. Ele havia perdido o emprego e se vira forçado a trabalhar em uma fábrica de arados, numa posição muito aquém de suas qualificações. O preconceito com os "alemães estrangeiros" havia piorado por causa da guerra. Éramos vistos como parasitas, antissociais... Enfim, "inimigos do Reich".

Naquela manhã, o Sr. Wilde batera à nossa porta para nos contar que lhe haviam oferecido um cargo na administração de uma empresa na cidade de Varsóvia, a capital da Polônia, então ocupada pelos nazistas. Tratava-se de uma empresa que fabricava utilidades domésticas, como fogões a gás. Meu pai mostrou-se interessado imediatamente, perguntando:

— Cargo? Que cargo?

Sem tirar o casaco por causa do frio, o Sr. Wilde sentou-se próximo ao fogãozinho borbulhante, apesar de ele continuar cuspindo esparsas centelhas.

A vontade de "ligar" para o Brasil era imensa!

— Como ia dizendo — retomou o Sr. Wilde —, estão precisando de gente com experiência no exterior para trabalhar nos cargos administrativos dos países ocupados. Afinal, todos os jovens alemães estão indo para o front. — Assim como meu pai, o Sr. Wilde não havia sido convocado; no caso dele, porque era amputado de uma perna.

Passando a mão pela testa, o Sr. Wilde disse:

— Franz, trata-se de um cargo administrativo, nada muito especial, mas tenho a chance de sair daqui.

Meu pai se debruçou para a frente e perguntou:

— Que tipo de trabalho você vai fazer lá?

O Sr. Wilde deu de ombros:

— Não sei bem, mas...

— Você pode conseguir um lugar para mim também? — interrompeu meu pai, ansioso.

— Franz — exclamou minha mãe —, que ideia absurda!

— Não vejo nada de absurdo — retrucou ele. E, voltando-se para o amigo, pediu: — Você poderia ver isso para mim?

Hesitante, o Sr. Wilde respondeu:

— Posso tentar, mas não prometo nada.

— Varsóvia... — murmurou meu pai, pensativo.

"O que estariam tramando desta vez?", pensei, revoltado.

A guerra foi adiante, e a seiva da juventude alemã estava sendo varrida aos milhares nos campos de batalha. Daí começaram os alistamentos de homens já não tão jovens, da idade do meu pai. Com a convocação nas mãos e pressionado pela situação, ele teve uma ideia quase genial, acrescida, é claro, de uma grande porção de sorte e proteção divina. Meu pai estava decidido a não matar ou perder a vida nessa guerra desencadeada por um louco. Ainda não havia superado os traumas da Primeira Guerra Mundial, onde havia lutado bem jovem.

Assim, quando teve de se apresentar para os devidos exames médicos, afirmou que nos anos em que passou nos trópicos, no Brasil, havia adquirido uma doença infecciosa provocada por amebas, que periodicamente o atacavam provocando diarreias terríveis.

– Diarreia?! – exclamaram os médicos alemães, alarmados.

Um homem com qualquer tipo de doença crônica infecciosa era, sem dúvida, um perigo. Ele poderia transmitir a doença para os colegas de caserna e, pior, para o batalhão inteiro!

Resolveram enviá-lo para Tübingen, cidade famosa por seu instituto especializado em doenças tropicais, onde o examinaram, sem, no entanto, encontrar nada.

Meu pai deu de ombros e disse, sem demonstrar ansiedade:

– Doenças tropicais são assim mesmo, passo tempos sem sentir ou ter nada, mas, de repente... a doença volta a se manifestar. O fato é que nunca estarei totalmente curado.

Por incrível que pareça, com essas e outras artimanhas, meu pai conseguiu se manter longe do front.

18

NESSE MEIO-TEMPO aconteceu algo que deixou o mundo atônito: o Führer, inebriado com as recentes vitórias, deu o pontapé inicial no seu mais ousado e louco empreendimento: em 22 de junho de 1941, sem prévia declaração de guerra, tropas alemãs iniciaram a ocupação bélica da União Soviética. Colocou-se em prática a chamada Operação Barbarossa, o plano de invasão daquele imenso país, cuja ocupação fora planejada por Hitler desde 1940.

Com isso, os alemães romperam, de maneira brutal e inesperada, o Pacto Molotov-Ribbentrop, também conhecido por Tratado de Não Agressão[9].

Com a invasão da União Soviética iniciou-se a mais feroz campanha militar da história em termos de mobilização de tropas: 4,5 milhões de soldados do chamado "eixo" – a Alemanha, a Itália e o Japão – se colocaram em movimento.

O Führer havia deixado claro para seus generais que desejava terminar "a questão soviética" antes do rigoroso inverno russo e que a campanha russa deveria ser rápida e fulminante!

---

9   O Pacto Molotov-Ribbentrop foi assinado em Moscou na madrugada de 24 de agosto 1939 pelos então ministros do Exterior Vyacheslav Molotov, da União Soviética, e Joachim von Ribbentrop, da Alemanha. O acordo estabelecia que ambas as nações não entrariam em conflito bélico, não favoreceriam os inimigos uma da outra nem invadiriam seus respectivos territórios.

Desfile de tropas em frente à nossa casa em Ulm.

Elisabeth Loibl

A Luftwaffe, a Força Aérea Alemã, deveria eliminar e paralisar a Força Aérea Russa, de modo que ela não impedisse o avanço das tropas alemãs, a exemplo do que havia ocorrido com o Blitzkrieg nas regiões até então ocupadas.

Num primeiro momento – o efeito surpresa –, as tropas de Stalin (líder da União Soviética de 1922 a 1953) foram literalmente atropeladas pelos alemães sem grandes dificuldades.

No entanto, na véspera da invasão russa, o ditador italiano Benito Mussolini, depois de uma malograda tentativa de invadir a Grécia, teve de pedir ajuda ao seu amigo, Hitler. Este não hesitou em ajudá-lo e resolveu a questão a seu modo: acabou dominando quase toda a região dos Balcãs!

Mas "essa pequena ajuda" que Hitler prestou ao amigo Mussolini acabou atrasando a Operação Barbarossa em algumas semanas. Esse foi um dos fatores decisivos para o desfecho catastrófico dessa empreitada sangrenta, que teve início depois da chegada do temido inverno russo.

Em novembro de 1941, os alemães já haviam conquistado uma área quatro vezes maior que a Grã-Bretanha. Moscou estava próxima, a apenas algumas semanas de marcha. Foi quando os primeiros flocos de neve começaram a cair, prejudicando o avanço alemão, uma vez que suas tropas não estavam preparadas para um inverno tão rigoroso como o da Rússia.

Com o passar dos dias, a situação só piorava: as armas e os veículos alemães paravam de funcionar por causa da temperatura cada vez mais baixa, retardando ainda mais o avanço. O "general inverno" se fez notar, como, aliás, já havia acontecido na malograda invasão da Rússia por Napoleão, em 1812. Era só consultar a história para aprender a lição!

Os alemães – que até então se julgavam invencíveis – simplesmente ignoraram alguns fatores de extrema importância, como a enorme extensão geográfica da Rússia.

Desfile de tropas em frente à nossa casa em Ulm.

Nessas primeiras semanas, porém, a mídia divulgava os incríveis avanços alemães, e o ministro da Propaganda, o sinistro e nada germânico Joseph Göbbels, vociferava aos quatro ventos que os alemães iriam conquistar o chamado *Lebensraum* (espaço vital).

O inevitável aconteceu: teve início uma das maiores batalhas travadas na história da humanidade, trazendo o horror não só para as forças alemãs, mas também para os soviéticos. E, pior ainda, para milhares e milhares de civis inocentes, mulheres, idosos e crianças.

A Batalha de Stalingrado entrou para a história como a maior e mais sangrenta batalha de todos os tempos, causando mortes ou ferimentos em mais de 2 milhões de soldados e civis. Ela destruiu todo o Sexto Exército Alemão e foi a principal responsável pela derrota da Alemanha nazista na Segunda Guerra Mundial.

A partir de dezembro de 1941, os alemães já estavam exaustos e com enormes problemas de reposição logística. Adolf Hitler, no entanto, se mostrou irredutível. De início, os comandantes pressionaram o Führer para que, a fim de salvar vidas, ele autorizasse a imediata retirada das tropas. Hitler proibiu a retirada, ordenando "resistir a qualquer custo". E os comandantes alemães, seguindo o tradicional espírito alemão de "obediência até a morte", se curvaram diante da imposição do Führer.

A certa altura do conflito, num desesperado apelo, o comandante do Sexto Exército informou ao Führer que as tropas estavam sem alimento e que seria inútil continuar a luta. Como o colapso era inevitável, ele pediu autorização para a rendição.

No entanto, o Führer continuou implacável, declarando categoricamente:

– Rendição? Impossível! – E acrescentou: – O Sexto Exército cumprirá com o seu dever em Stalingrado até o último homem.

Banda militar num desfile de tropas em Ulm.

O general alemão se curvou diante das ordens insanas, causando a morte de milhões de pessoas, o que poderia ter sido evitado.

Na Alemanha, ainda que ninguém ousasse se manifestar em público, o medo começou a tomar conta das pessoas. Até mesmo entre quatro paredes era preciso ter cautela; afinal, denúncias de traição eram comuns até entre filhos e pais.

O Exército alemão, ou melhor, o que sobrou dele, se rendeu em 2 de fevereiro de 1943. Noventa e um homens debilitados pela fome, pelo frio e pelas lutas, entre eles 22 generais, foram feitos prisioneiros e iriam agora para um calvário muito mais cruel do que a batalha em que haviam lutado... *por causa da arrogância e da loucura de um único homem!*

Mesmo assim, alguns dias após essa rendição, o ministro Joseph Göbbels fez seu famoso discurso em Berlim, onde conclamou a nação "à guerra total".

—*Wollt ihr den totalen Krieg?* (Vocês querem a guerra total?)
— *Jaaa! Sieg Heil! Sieg Heil!* (Siiim! Salve a vitória! Salve a vitória!)

A Batalha de Stalingrado durou 199 dias!

19

NUM FIM DE TARDE gelado de dezembro, havia nevado tanto que a cidade estava coberta por um manto branco.

Meu pai chegara em nossa casa bastante cansado e mal-humorado. Seu amigo Wilde, atendendo ao seu pedido, o havia apresentado para ocupar um dos cargos administrativos em Varsóvia, e meu pai fora entrevistado durante horas a fio.

Enquanto isso, minha mãe havia enfrentado uma fila de mais de duas horas, sob um frio de 10 graus negativos, para trocar nossos últimos vales-refeição e conseguiu nada mais do que alguns pães duros com gosto de bolor.

Eu já estava de pijama, mas sem vontade de ir para a cama, que, mesmo com a bolsa de água quente que tia Maria costumava colocar nela, continuava fria. Sem falar no quarto, completamente gelado.

– Martha, venha tomar chá – chamou tia Maria, envolta em uma manta velha.

– Eu gostaria de dormir um pouco, mas não consigo – disse minha mãe, tentando esquentar as mãos no velho fogareiro.

Depois de tomarmos chá, bastante aguado e sem açúcar (por causa do racionamento) e de comermos alguns pedaços de pão, fomos dormir. Os lençóis, geralmente rijos de frio, estavam agora mais suportáveis, graças às bolsas de água quente.

No entanto, algumas horas mais tarde começou o pesadelo. Por volta das duas horas da madrugada, acordamos sobressaltados com pancadas rudes contra a porta.

Assustado, tremendo de frio e de medo, corri até a sala, onde meus pais e minhas tias estavam, com os rostos pálidos.

Era uma prática muito comum da Gestapo: bater na porta de pessoas "suspeitas" de madrugada para serem "interrogadas", o que, não raras vezes, levava os infelizes para algum campo de concentração. Essa tática cruel visava surtir um efeito psicológico, pois de madrugada o ser humano costuma estar mais vulnerável.

Meu pai, praguejando em português, empurrou tia Dora, que fazia menção de abrir a porta, e ordenou:

— Eu me encarrego disto. Voltem todos para a cama! — Ninguém obedeceu. Quem conseguiria dormir numa hora dessas?

Nossa casa encontrava-se totalmente às escuras, como, aliás, todas as casas da cidade, em obediência ao *Verdunkelung*, o regulamento de ocultação das luzes.

Com a pequena lanterna de mão, meu pai se aproximou da porta, que estremecia sob as incessantes pancadas. Apesar de todo o barulho, nenhum vizinho se manifestou. Todos deviam estar "encolhidos" por detrás das portas, rezando para que fossem poupados de qualquer envolvimento.

— Quem está aí? — perguntou meu pai, aparentemente calmo.

A brutalidade das pancadas continuava a cortar o silêncio da madrugada.

— Rudi, volte para a cama! — ordenou minha mãe. Como eu não fiz a menor menção de obedecer, ela me abraçou e eu senti suas mãos geladas.

— Martha... — começou tia Maria.

Por um raro momento, sobrepondo o terror que eu sentia, veio a vontade de rir: tia Maria estava engraçada, vestida com uma camisola longa e branca e, na cabeça, com uma espécie de touca branca com a borda rendada.

— Martha... — repetiu tia Maria. E continuou, perplexa: — ...mas o que fizemos de errado?

— Calem a boca! — disse meu pai, com uma rudeza que eu nunca antes ouvira.

Anos mais tarde, minha mãe contava:

— Naqueles momentos terríveis, eu tive a sensação de que meu corpo iria rachar ao meio!

Até hoje recordo com orgulho a calma e a sensatez de meus pais durante aqueles momentos horríveis.

— Abram a porta! É a Gestapo! — gritou uma voz grosseira, acompanhada de pancadas.

Meu pai finalmente a abriu. Cinco homens vestidos com capa de couro e chapéu negros forçaram a entrada.

— Os senhores podem me dizer o que significa isto? — meu pai perguntou.

Eles se assemelhavam tanto que pareciam fabricados em série. Um deles ergueu um documento e disse:

— *Geheime Staatspolizei* (Gestapo). Viemos fazer uma busca.

Tia Dora, destemida, tentou intervir:

— Mas... a casa é minha, eles são nossos parentes.

Meu pai retomou as rédeas, indagando:

— O que está acontecendo? Por que tudo isso?

— Viemos revistar a casa — respondeu um deles.

— Revistar a casa? — repetiu meu pai.

Então o homem se postou diante do meu pai, com as mãos na cintura.

— Recebemos uma denúncia. Uma série de pessoas suspeitas frequentaram esta casa recentemente.

Tia Dora, boquiaberta, começou a falar:

— Que ridículo! Isso é simplesmente...

Meu pai a interrompeu, levantando a mão, e disse:

— Espere! De fato, algumas pessoas vieram aqui, mas elas são amigas de longa data das minhas tias. Estas duas senhoras moram aqui há muito tempo, são bastante conhecidas e, lhes garanto, não recebem nenhuma pessoa suspeita.

Os homens se acotovelaram no pequeno apartamento e tivemos que lhes ceder lugar. Um deles me encarou de maneira estranha e indagou:

— É este o americano?

Meu pai pigarreou e respondeu, calmo:

— Essa informação já foi corrigida algumas vezes. Meu filho não é americano, ele é brasileiro, o que é bem diferente. Além disso, como vocês podem ver, ainda é uma criança.

Eu me agarrei à minha mãe, sem parar de tremer: achava que eles iriam me levar para um campo de concentração!

O homem me lançou um olhar de desdém e se juntou aos seus companheiros.

Meu pai fez mais uma tentativa, protestando em vão:

— Este é um procedimento totalmente irregular! — E ressaltou: — Como eu disse, minhas tias moram aqui há muito tempo, são conhecidas... e eu pretendo fazer uma queixa.

Os homens não estavam nem um pouco interessados no que meu pai dizia. Com um gesto, mandaram que se calasse e continuaram a revistar a casa. Mas o fizeram com certo cuidado. As "buscas" da Gestapo costumavam deixar os ambientes caóticos: os móveis eram quebrados, os colchões, rasgados, e as paredes, destruídas.

No nosso caso, a costumeira devastação não ocorreu. Provavelmente por causa das minhas tias, que eram respeitadas moradoras de Ulm. Os homens revistaram o pequeno apartamento sistematicamente, inspecionando todos os cantos.

Um deles, aparentemente o líder do grupo, postou-se diante do meu pai e perguntou:

— Vocês são alemães, não são?

Meu pai respirou fundo. Era preciso ter cuidado. E respondeu calmamente:

Soldados de folga do front.

— Sou alemão de nascença, mas vivi muitos anos no Brasil.

O homem colocou as mãos na cintura e afirmou:

— Consta aqui que vocês tentaram abandonar o Reich.

— Pretendíamos retornar ao Brasil – respondeu meu pai.

— Por quê?

— Meu filho é brasileiro, e a família inteira da minha esposa mora no Brasil. Mas, por favor, me diga, por que tudo isso?

O homem mexeu em alguns papéis que tirou do bolso e disse:

— Tivemos uma denúncia de espionagem.

Por alguns momentos, um silêncio incrédulo ocupou a sala, enquanto os homens ficaram nos observando de maneira inquisitória.

— Espionagem?! – exclamaram minhas tias em coro logo depois.

— Isso é... isso é total loucura! – disse minha mãe, gaguejando.

— Arrastem os armários! – ordenou um deles, de repente.

— Vocês vão arranhar o chão – lamentou tia Maria, como se esse fosse o maior problema. É claro que ninguém lhe deu atenção.

A busca prosseguiu por mais meia hora. Como absolutamente nada que pudesse justificar a denúncia foi encontrado, os homens da Gestapo partiram.

Ninguém conseguiu dormir depois disso. Colocamos ordem na casa e ficamos sentados na sala, tentando nos acalmar com chás.

— Foi a Hilde! – disse minha mãe, de repente.

— Aquela nazista fanática com o maldito *Mutterkreuz*!

— Martha! – advertiu tia Dora, indignada. – Como você pode afirmar uma coisa dessas? A Hilde é nossa amiga desde pequena!

Minha mãe deu de ombros e disse:

— Eu só sei que ela ficou toda ofendida quando soube que queríamos voltar para o Brasil, parecia que estávamos cometendo um crime. Não foi a Hilde que disse que abandonar o Reich justo quando ele mais precisava dos seus filhos era traição?

— Continuo não acreditando que foi ela. A Hilde não faria uma coisa dessas — insistiu tia Dora.

Tia Maria, para variar, caiu em prantos, o que irritou meu pai.

— Chorar não leva a nada! O fato é que alguém nos denunciou, mas de nada adianta fazer conjecturas sobre quem foi. Mesmo que soubéssemos, isso não ajudaria em nada.

O fato é que nunca saberíamos quem nos denunciou.

Depois desse episódio horrível, meu pai foi entrevistado mais algumas vezes e acabou sendo aceito para ocupar o cargo administrativo que ele tanto queria. E assim começou o capítulo "Varsóvia" em nossa vida.

20

O PRIMEIRO a se mudar para Varsóvia foi meu pai. Minha mãe e eu ainda continuaríamos morando em Ulm com minhas tias por algum tempo.

O ódio contra os judeus tomava dimensões cada vez maiores. Tornou-se impossível colocar uma venda nos olhos e ignorar o que estava acontecendo. Era degradante deparar, a cada passo, com letreiros nos bancos das praças, nas portas dos restaurantes, nas janelas dos transportes públicos com os dizeres: Proibido para judeus.

Quase diariamente testemunhávamos cenas da mais sórdida humilhação humana: judeus idosos, que mal se aguentavam em pé, foram forçados a limpar as ruas, sendo vítimas de crueldades por parte de crianças e adultos, que cuspiam neles, puxavam sua barba e seus cabelos brancos. E eles também eram pisoteados por jovens uniformizados.

É penoso descrever o que presenciei naqueles dias horrendos. Mas considero imprescindível narrar os fatos como realmente aconteceram, para que nunca mais venham a ocorrer.

Homens, mulheres e crianças desapareciam aos milhares. Uma terrível sensação de impotência nos assolava. Estávamos de mãos atadas, uma vez que qualquer palavra ou reação no sentido de ajudar os judeus sem dúvida levaria a família inteira para a morte e, por certo, não resolveria nada.

Eu continuava incapaz de entender o porquê de tanta crueldade, tanta violência, e meus pais não encontraram palavras para explicar o inexplicável, o massacre de pessoas só pelo fato de serem judias.

— E se falássemos com alguma autoridade? Não é possível que todos ignorem o que está acontecendo! Franz, faça alguma coisa! — exigiu minha mãe, revoltada.

Meu pai foi categórico:

— Você não sabe o que está dizendo... perdeu o juízo. Você não pode nem imaginar em que estaria se metendo. Pense no seu filho, ora!

E tia Dora, resignada, emendou:

— Procurar alguma autoridade não ajudaria ninguém, Martha; pelo contrário, prejudicaria a todos nós.

Absolutamente deplorável foi o dia em que o horror nos atingiu pessoalmente, quando soubemos que Rebeca, a mesma Rebeca que estivera em nossa casa, desesperada, cujo pai fora levado para Dachau, havia se suicidado.

Amigas das minhas tias nos contaram que a Gestapo tinha arrombado a porta do pequeno apartamento do terceiro andar em que ela morava para "buscá-la". Tomada de imensa aflição, Rebeca se jogou da janela, estatelando-se no chão.

Depois desse episódio trágico, minha mãe, que de início se mostrara um tanto relutante em morar em Varsóvia, de repente não via a hora de deixar a Alemanha.

Varsóvia era uma incógnita. Não sabíamos o que nos esperava lá, mas, no meu caso, só o fato de poder virar as costas para a odiada escola já me encheu de esperança. Talvez em Varsóvia eu não fosse mais rotulado de "americano odiado".

E, realmente, apesar de tudo o que acabaríamos passando mais tarde, Varsóvia se revelou melhor do que a Alemanha, pelo menos no início.

Elisabeth Loibl

Meu pai dirigia uma empresa que produzia, entre outras substâncias, gasolina sintética. Uma das primeiras medidas que ele adotou ao chegar foi transformar em horta uma grande área improdutiva pertencente à empresa. Ele também incentivou a criação de porcos e até arrumou uma vaca leiteira. Desse modo conseguiu combater, em parte, a fome reinante.

O resultado não demorou a aparecer: os trabalhadores poloneses começaram a operar mais motivados.

Nós nos dávamos bem com os poloneses, que, uma vez vencidas as barreiras iniciais da desconfiança e do ódio contra tudo o que era alemão, se mostravam amáveis e cordiais, ainda mais quando souberam que havíamos morado no Brasil e que eu era brasileiro nato. Muitos deles tinham parentes no sul do Brasil, região de intensa imigração polonesa.

Certo dia, um alemão do alto-comando aproximou-se do meu pai e perguntou:

– Como você consegue manter a ordem e ainda tirar um bom lucro? Quantos já mandou executar?

Ele estava intrigado para saber por que os casos de sabotagem que eram habituais na fábrica antes da chegada do meu pai haviam cessado.

Meu pai lhe respondeu em tom seco:

– Não mandei executar ninguém. É que o meu pessoal é bem tratado e não passa fome. Só isso.

Outro episódio, bem mais chocante para mim, foi o dia em que meu pai veio com a notícia de que eu teria de vestir o uniforme da *Hitlerjugend* (juventude hitleriana), apesar de eu ser brasileiro e de meu pai ter protestado veementemente contra isso. Mais uma imposição daquele regime odiado! E não tardou para que eu sentisse na pele o que significava estar vestido com esse uniforme...

Todos os dias recebíamos leite de um dos sítios dos arredores da cidade. Era trazido por um jovem camponês polonês

Com mamãe em Varsóvia.

Com os meus pais em Varsóvia.

muito simpático, que me deixava fazer um trecho do caminho em sua carroça, que era puxada por dois cavalos.

No primeiro dia, vestindo o traje obrigatório, pulei, como de hábito, em cima da carroça. No mesmo instante, o camponês me ameaçou com o seu chicote, gritando:

– Desça do meu carro, não quero ser visto com nenhum nazista!

Ainda hoje quero render tributo ao jovem e destemido polonês, onde quer que ele esteja, pela coragem que demonstrou. Afinal, ele não me conhecia bem, e teria sido muito fácil para mim denunciá-lo, para que ele fosse levado a um campo de concentração.

21

EM POUCO TEMPO aprendi a amar a Polônia e o seu povo, uma gente alegre, gentil e hospitaleira.

Guardo algumas boas lembranças de Varsóvia, que, apesar da guerra, ainda mantinha resquícios da sua antiga beleza e elegância. Não é de admirar que essa cidade outrora era conhecida como "a Paris do Leste".

Lembro-me dos passeios que fazíamos pelos parques com o nosso cachorro, o Poniak, e dos campos ao redor da cidade, onde pastavam cavalos.

– A Polônia é um país plano feito tábua – comentou certa vez Ladislau, um de nossos novos amigos poloneses, que também era brasileiro, nascido em Maringá, no Paraná, e que havia viajado para a Polônia para visitar parentes pouco antes da ocupação nazista.

– Mais um daqueles iludidos que não conseguiram enxergar a realidade – meu pai observou certa vez, encarando minha mãe.

Infelizmente, a nossa estada na Polônia também teve seus dramas, a exemplo do gueto de Varsóvia, que fomos obrigados a "visitar". Um dos superiores do meu pai nos impôs conferir de perto a "eficiência" com que os nazistas estavam resolvendo a questão das "etnias inferiores". Recusar a "visita" era simplesmente impensável.

Elisabeth Loibl

O pesadelo começou quando entramos no carro, que foi o tempo todo acompanhado por oficiais armados, para evitar que "alguém" se aproximasse de nós. Por toda parte, espalhados pelo chão, havia doentes e mortos. Os "moradores" do gueto não tinham direito a assistência médica. Eu vi uma mulher perambulando pelas ruas, carregando uma criança nos braços e implorando por ajuda. Havia crianças e adultos, os corpos esquálidos marcados por mordidas, provavelmente de ratos. Sujeira, doença e morte por toda parte.

Meus pais haviam se recusado a me levar e feito de tudo para me preservar desse horror, mas o oficial nazista foi taxativo:

– Todo jovem deve aprender a ordem e a disciplina!

Apesar de fisicamente bastante crescido e desenvolvido, eu estava atravessando a fase instável e delicada da pré-adolescência. Para os nazistas, essa era a etapa mais importante no desenvolvimento dos jovens, a mais suscetível a influências. Naquele dia fiquei doente, com febre alta, tendo de permanecer de cama por alguns dias. Jamais consegui esquecer aquelas cenas...

Qualquer tipo de "contato amigável" com os poloneses era proibido. Proibição que a minha família costumava ignorar. Obviamente, era um comportamento de risco. Mas naqueles tempos o simples fato de estar vivo já era arriscado.

O nosso amigo do Paraná, Ladislau, além de trabalhar na fábrica dirigida pelo meu pai, frequentava a nossa casa quase diariamente, e foi o responsável por alguns dos momentos dramáticos que marcaram nossa vida em Varsóvia.

Muitos poloneses faziam parte da resistência, movimento que lutava na clandestinidade contra os alemães. Certa noite, Ladislau trouxe um rapaz alto, moreno e de olhar irrequieto, que até então não conhecíamos. Um tanto constrangido, Ladislau apresentou o amigo:

— Este é o Joaquim Marosky.

Depois de alguma hesitação, prosseguiu:

— Ele também é brasileiro, do Paraná. Nasceu em Palotina.

Num primeiro momento, essa revelação nos deixou animados. O choque veio em seguida:

— É que... hum... tem algo que vocês têm que saber — começou Ladislau. Estava branco, nervoso, como eu nunca o vira antes.

— Sentem-se e fiquem à vontade. — Meu pai convidou e foi até o armário, onde costumava guardar uma garrafa de vinho tinto.

— Franz... — disse Ladislau, hesitante.

Meu pai fez um gesto em direção ao rapaz, dizendo:

— Um minuto! Este vinho, eu guardei para ocasiões especiais, e esta, sem dúvida, é uma ocasião especial: mais um brasileiro aqui em Varsóvia! Isso merece um brinde.

Joaquim Marosky permaneceu calado.

— Franz, por favor, escute! — pediu Ladislau, angustiado.

Meu pai encheu os copos com o vinho. Pelo jeito, nem ele, nem minha mãe notaram que algo estranho estava acontecendo.

— Ao Brasil! — exclamou meu pai, erguendo o copo.

— Rudi, pra você, tem um chá de erva-doce, vai fazê-lo dormir bem — disse minha mãe, voltando-se para mim.

— Eu também quero vinho — afirmei, com teimosia.

Impaciente, meu pai virou para mim e ordenou:

— Vá dormir, filho.

Mas eu queria saber o que estava acontecendo e não iria para a cama de maneira alguma.

— Eu vou ficar aqui! — exclamei, malcriado. Depois continuei: — Se vocês me levaram até o gueto, aquele lugar horroroso, também tenho o direito de ficar acordado.

Não deu tempo para meus pais tomarem alguma atitude. De repente, Joaquim depositou seu copo na mesa com tanta força que derramou o vinho.

— Conta para eles de uma vez! — exigiu, com voz rouca, voltado para o Ladislau.

Silêncio absoluto se fez na sala. Ladislau se aproximou do meu pai, olhou firme nos olhos dele e disse:

— Pois é, Franz, chegou a hora da verdade: nós somos da resistência. Estou aqui provavelmente pela última vez, mas antes tenho que lhe pedir uma imensa caridade.

— Resistência... — murmurou minha mãe e deixou cair o copo no chão. Depois explodiu: — Meu Deus, isso pode nos custar a vida! Ninguém pensou em mim e no meu filho?

— Perdoe, Martha — pediu Ladislau, o rosto branco, quase desfalecido. — Mas não temos outra alternativa. Precisamos da ajuda de vocês.

Meu pai esvaziou seu copo de uma vez só. Depois sentou, passou as mãos pelo rosto e, sem olhar para o amigo, disse em voz baixa:

— Não tenho ideia de como eu poderia ajudar. Você sabe que eu também estou na corda bamba. Preciso tomar o máximo de cuidado; afinal, tenho um filho.

Ladislau sacudiu o meu pai e exclamou:

— Acorde, Franz, a sorte da Alemanha está selada! Depois do fracasso de Stalingrado, os russos estão avançando e ninguém poderá detê-los... ninguém! A nossa hora está chegando!

Meu pai se desvencilhou do amigo e disse:

— Eu sei, eu sei! Mas tente me entender. Eu simplesmente não posso me envolver com a resistência, eu não sirvo para isso!

Enquanto Joaquim Marosky retornou ao mutismo inicial, Ladislau ficou ainda mais nervoso:

— Franz, não queremos que você faça parte da resistência, é claro que não, mas...

Eu e meus pais em um dos parques de Varsóvia.

— Não quero ouvir mais nada! — interrompeu minha mãe. — Tudo isso é um pesadelo. Ladislau, me desculpe, mas vocês têm que ir embora agora, por favor.

— Espere, Martha — pediu meu pai. — Deixe-os falar.

— Mas...

Ladislau se debruçou para a frente, interrompendo minha mãe:

— Martha, vocês têm que deixar a Polônia o mais depressa possível. A derrota da Alemanha está próxima, e isto aqui vai virar um inferno, acreditem! Vai ser o fim do mundo. O ódio contra tudo o que é alemão vai assumir dimensões catastróficas.

— Mas nós não fizemos nada. Além disso, o Rudi é brasileiro — argumentou mamãe.

— Martha, preste atenção. Em meio ao caos geral da derrota alemã e da invasão russa, ninguém vai nem querer saber se vocês são culpados ou não.

— Fale pra eles! — Marosky manifestou-se novamente.

— É... na verdade, viemos até aqui para lhes pedir... ajuda.

Meu pai se levantou e disse:

— Ladislau, até agora eu não entendi direito o que vocês vieram fazer aqui. Agradeço sua preocupação, mas, acredite, eu já comecei a organizar a nossa volta para a Alemanha. Portanto, sinto muito, mas não há nada que eu possa fazer por vocês.

Mais uma vez o silêncio dominou o recinto. Então o homem de Palotina resolveu tomar as rédeas da situação, dizendo:

— Eu... eu vim para a Polônia para casar.

Surpresos, todos se voltaram para ele.

— Casar?! — exclamou minha mãe.

Com o rosto vermelho, Joaquim disse:

— É que...

A essa altura, meus pais já haviam esquecido a minha presença e eu fiquei observando, como que hipnotizado, o rosto sinistro e o olhar nervoso daquele rapaz, um tanto tímido a respeito de seu casamento.

Joaquim suspirou fundo e, num ímpeto de coragem, completou a frase:

– Eu me casei! É isso mesmo, aqui eu conheci a Maria, uma moça polonesa com quem quero começar uma vida no Brasil.

– Casou? – repetiu minha mãe. E, em seguida, disse: – Parabéns!

De repente, Joaquim cobriu o rosto com as mãos e começou a soluçar, chocando a todos:

– A Maria é maravilhosa... mas ela é judia!

– Mas... e daí? – perguntou minha mãe.

– E daí? E daí? – repetiu meu pai, agressivo.

– Mas... – recomeçou minha mãe e foi logo interrompida pelo Ladislau:

– Acorde, Martha! A Maria, com quem ele casou e quer começar uma vida no Brasil, é judia! Judia, Martha! Sabe o que significa isso? Esqueceu o que fazem com os judeus?!

– Meu Deus! E agora?

– Demorou um pouco mas ela entendeu... – murmurou meu pai, ironicamente.

22

— EU VI... — recomeçou Joaquim, a voz baixa. — Era um dia quente de verão numa aldeia rodeada por campos, um quadro bucólico de paz. A Maria e eu havíamos nos escondido num celeiro próximo, que estava abandonado havia algum tempo. Tudo poderia ser perfeito se não houvesse a crueldade humana...

Ele interrompeu a narração e, sem constrangimento algum por estar chorando, enxugou as lágrimas. Depois prosseguiu:

— De repente chegou uma espécie de comboio, ouvimos vozes que davam ordens em alemão. E aí... — Ele cobriu o rosto com as mãos e continuou: — Os veículos começaram a despejar pessoas: jovens, velhos, mulheres e crianças. Distribuíram pás aos mais jovens, e os soldados ordenaram que eles cavassem valas.

— Não! — interrompeu minha mãe, gritando, e ergueu as mãos num gesto de defesa.

Joaquim parecia nem ter ouvido:

— A Maria e eu presenciamos um massacre.

— Chega, Joaquim! Por favor... — pediu meu pai, lívido. E, olhando na minha direção, mandou: — Rudi, vá para o seu quarto imediatamente!

Ladislau de repente deu um murro em uma mesinha que estava do lado da cadeira em que estava sentado e disse:

— É preciso encarar a verdade, Franz! Inclusive o Rudi. Ele não é mais nenhuma criancinha. É bom que aprenda a enxergar a realidade.

Eu não consigo descrever o que eu senti naquela noite. Mas eu queria ficar lá. Era como se uma força invisível estivesse me prendendo. Meus pais não insistiram mais para eu sair. As palavras daquele homem ficaram gravadas na minha alma a ferro e fogo.

Ninguém mais seguraria Joaquim Marosky, um brasileiro pacato do interior do Paraná que queria apenas viver em paz com a esposa judia.

Trêmulo, meu pai colocou as mãos nos ombros do rapaz e disse:

— Meu Deus, que vergonha! Não sei o que dizer...

Ladislau ergueu o rosto e, lançando um rápido olhar para mim e para minha mãe, disse:

— Vocês não têm culpa de nada, mas achamos que deveriam tomar conhecimento da situação atual, principalmente o Rudi. Um dia, onde quer que ele esteja, no Brasil ou em qualquer parte do mundo, poderá, quem sabe, dar testemunho do que aconteceu aqui e talvez contribuir para que esse tipo de crueldade nunca mais aconteça.

No fundo, somente anos mais tarde fui capaz de compreender toda a dimensão do que vi e vivi naqueles anos na Alemanha.

Depois de alguns minutos de profundo silêncio, Ladislau disse:

— É, Franz, e agora vamos implorar a sua ajuda.

23

– **ARIANOS**, meu Deus, como eu detesto essa palavra! – exclamou Margot, acendendo outro cigarro no toco daquele que acabara de fumar. Margot, a secretária do meu pai em Varsóvia, era fumante inveterada. Minha mãe certa vez perguntou ao meu pai como Margot conseguia seus cigarros, artigos de luxo durante a guerra. Meu pai esboçou um sorriso amarelado e disse:

– Ela tem suas fontes, Martha.

Uma semana depois daquela noite em que Ladislau trouxe Joaquim a nossa casa, no começo do ano de 1942, minha mãe ficou sabendo que estava grávida. A partir daí, só pensava em voltar para junto das tias na Alemanha.

Quando eu soube que iria ganhar uma irmã ou um irmão, fiquei feliz, se bem que naqueles tempos terríveis, marcados pelo medo e pela insegurança, uma gravidez não era exatamente motivo de entusiasmo.

Sem dúvida, iríamos voltar para a Alemanha o mais rápido possível, ainda mais considerando que a situação das tropas alemãs na Rússia piorava a cada dia. Os dias gloriosos do famoso *Blitzkrieg* e das vitórias fáceis haviam ficado para trás, e agora a Alemanha colecionava derrotas.

Até na África do Norte, onde os alemães anteriormente haviam conquistado sucessivas vitórias graças ao engenhoso marechal de campo Rommel, apesar de toda a propaganda enganosa do ministro Göbbels, já não era mais possível ocultar os insucessos.

Com a derrota alemã na Rússia, ninguém mais segurava as hordas russas, que, sem dúvida, em pouco tempo estariam às portas de Varsóvia. Para nós, começou a contagem regressiva: quanto antes conseguíssemos deixar a Polônia, melhor, ou não teríamos como nos proteger da fúria que estava por vir.

Antes de voltarmos para a Alemanha, porém, ainda passamos por mais uma provação, dessa vez relacionada com os dois brasileiros que nos pediram ajuda uma semana antes.

— É preciso ganhar tempo — disse Margot, o cigarro no canto da boca. E acrescentou: — O rumo da guerra está mudando, mais um pouco e...

— Não temos tempo de esperar pelo desfecho — interrompeu meu pai, apagando um dos cigarros que Margot lhe havia oferecido.

Depois das palavras de Joaquim naquela noite, meus pais decidiram não mais me poupar da realidade. Eu devia participar de tudo, por mais cruel que fosse. Estávamos vivenciando situações extremas e, caso acontecesse algo com eles, eu não estaria desprevenido. Assim, comecei a participar de todas as reuniões.

Estávamos sentados ao redor da mesa da sala, num ar de clandestinidade, tendo o medo como um companheiro invisível. Até que ponto poderíamos confiar em Margot? Afinal, quem era ela? Minha mãe mal conseguia esconder a animosidade que sentia em relação àquela moça.

— Não temos tempo! — repetiu meu pai, irritado.

Calma, e com o infalível cigarro na boca, Margot deu de ombros, dizendo:

— Ouvi comentários sobre algo que os nazistas chamam de "solução final", seja lá o que isso for. Eu, pessoalmente, acho que eles pretendem acelerar o processo de extermínio.

Minha mãe levantou-se e disse:

— Como você consegue ser tão... tão... fria?

— Martha, se queremos sobreviver, temos que pensar e agir friamente, senão estamos todos perdidos – respondeu Margot.

— Onde estão o Joaquim e a noiva? – perguntou minha mãe.

Margot desviou o olhar e disse:

— É melhor que você não saiba.

Minha mãe perguntou, suspirando:

— Mas o problema... está resolvido?

Ninguém respondeu, e fez-se um longo silêncio. De repente, meu pai levantou e repetiu o que Margot dissera:

— É melhor que você não saiba, Martha.

Minha mãe olhou para ele, insegura, e gaguejou:

— Mas...

Percebi que meu pai se esforçava para manter a calma.

— Eu sei onde eles estão, e isso basta! – disse ele.

Margot soltou um suspiro de irritação e disse:

— Pra que isso, Franz? Conta a verdade pra ela!

Branca feito papel, minha mãe olhou de um para outro.

— Eu acho que ela tem que saber – insistiu a moça.

— Saber o quê? Falem de uma vez! – cobrou minha mãe, com a voz alterada.

— Martha – começou Margot, mas foi interrompida por meu pai:

— Eu achei melhor não lhe contar, pois o que estamos fazendo é... bem... é no mínimo... ah... é mortal.

Minha mãe deu um murro na mesa e ergueu o corpo. Seus olhos faiscavam enquanto disse, gritando:

— Parem de me tratar como uma criança! Eu quero saber de tudo agora!

Memórias de um Adolescente Brasileiro na Alemanha Nazista

Eu segurando a máscara antiga.
Como um menino nessas condições poderia sorrir?

Parece cena de filme, mas não é. Ao fundo, a parede da sala
do pequeno apartamento onde passei da infância à adolescência.

Eu e minha mãe, prontos para uma emergência.

Meu pai deu de ombros e disse:
— Pois bem, eles estão aqui.
Minha mãe arregalou os olhos, ia dizer alguma coisa, mas se calou. Meu pai ficou olhando para a parede como se estivesse vendo algo muito interessante, e eu continuei mudo no canto da sala, brincando com a máscara antigás, que obrigatoriamente tínhamos de ter sempre à mão.
Quando minha mãe recobrou a fala, disse:
— Você quer dizer que escondeu eles aqui, em nossa casa, sem ao menos ter a consideração de me consultar?
— Martha, é que...
— Onde? Onde você os escondeu? — minha mãe exigiu saber, aos gritos.
— Martha, é provisório...
— Onde eles estão? — gritou ela novamente.
— No porão — respondeu meu pai, sem coragem de encará-la.
— Eu não acredito! Eu não acredito! — repetiu minha mãe. E deu outro murro na mesa, dizendo:
— Todos sabiam, menos eu!
Margot interveio, mas só conseguiu piorar a situação:
— Martha, tente entender...
— Entender o quê? Que vocês não confiaram em mim? Que me traíram? Que me trataram feito débil mental? Ou vocês acharam que eu iria denunciá-los?
— Não é isso... — começou meu pai, mas ela o interrompeu:
— Isso foi demais! Além de colocar em risco nossa vida, você escondeu de mim algo muito sério. Isso prova que você não confia em mim ou, pior, que me acha totalmente alheia!
— Mas, Martha, eu...
Ela se levantou e saiu da sala, batendo a porta com tamanha força que um pequeno bibelô de vidro caiu no chão e quebrou. Tremendo, fui atrás dela. Não queria ouvir mais nada. Não queria saber de mais nada.

24

NA SEMANA SEGUINTE, minha mãe e eu estávamos voltando para a Alemanha, enquanto meu pai permaneceu em Varsóvia. Não se falou mais no assunto Joaquim Marosky e sua esposa.

As viagens de trem costumavam ser horrendas, mas aquele retorno de Varsóvia para Ulm, no começo de 1942, foi um verdadeiro pesadelo. Viajamos por dois dias e duas noites, prensados entre soldados feridos que voltavam do front russo. Não cabia mais uma agulha nos vagões, e o mau cheiro, os lamentos e os gritos nos deixaram quase loucos. E minha mãe, grávida de três meses, passava mal o tempo todo.

Eu vivia o tempo inteiro apavorado, aterrorizado pela ideia de que pudesse perder a minha mãe e me ver, de repente, sozinho em meio àquele inferno. Quando, finalmente, chegamos em Ulm, o alívio foi imenso.

Quanto ao desfecho do "caso Joaquim Marosky", meu pai não tocou mais no assunto e também nunca nos contou o que aconteceu depois que deixamos Varsóvia. Disse apenas que queria esquecer de tudo.

Muitos anos mais tarde, no Brasil, quando meu pai já havia falecido, Joaquim nos procurou em São Paulo junto com sua esposa, Maria, e aí ficamos sabendo que Margot os ajudou a fugir.

Memórias de um Adolescente Brasileiro na Alemanha Nazista

Após viver horrores, receber cuidados de moças jovens
e bonitas era um consolo para os feridos.

Eles foram morar em Palotina, num pequeno sítio, onde criavam porcos e galinhas, enquanto Joaquim trabalhava em uma madeireira. Eram felizes e tinham três filhos. Joaquim não se esqueceu de nós durante todos esses anos e, quando os filhos já estavam criados e prestes a fundar suas próprias famílias, ele resolveu nos procurar. Foi um reencontro repleto de emoção.

Com a voz embargada, Joaquim disse que ele e a esposa deviam a vida não só ao meu pai, como também a Margot, que se arriscou ao organizar a fuga. Soubemos que Margot havia mantido um relacionamento com um alto oficial da SS, o que lhe garantira certa liberdade de ação, por ser considerada "acima de qualquer suspeita".

Quando os russos estavam praticamente às portas de Varsóvia, Margot avisou Joaquim que, dali para a frente, "seria cada um por si e Deus por todos". Ela daria um jeito de fugir para a Áustria. Como amiga de um alto oficial da SS, sem dúvida, seria executada pelos russos sem piedade.

— Eu havia lhe prometido que Maria e eu iríamos depor em seu favor junto aos russos e aos poloneses — nos contou Joaquim. E a sua esposa completou:

— Afinal, sobrevivemos graças a ela. Mas Margot preferiu fugir e se esconder. As tropas russas estavam enlouquecidas pela vingança e avessos a qualquer argumento.

Tanto tempo havia se passado desde aquela noite em nossa casa em Varsóvia... Minha mãe, já com os primeiros sinais da doença de Alzheimer, que mais tarde iria tomar conta do seu cérebro por completo, agora tinha dificuldade de entender o que Joaquim estava contando. Para dizer a verdade, ela já estava alheia a tudo. Tudo ficara para trás, envolto pelas brumas do esquecimento. Talvez tenha sido melhor assim.

Eu me despedi de Joaquim e da esposa com a promessa de visitá-los em Palotina. Ambos sabíamos que eram promessas vazias e que, pelo menos nesta vida, nunca mais nos veríamos.

25

MINHA IRMÃ ELISABETH nasceu em Ulm em 27 de dezembro de 1942, quando voltamos a morar com nossas tias. A partir do ano seguinte, a sorte dos nazistas começou a mudar de vez. Os bombardeios aéreos sacudiram as cidades alemãs. Blocos inteiros de casas e prédios foram varridos pelas bombas, e, se antes já era difícil conseguir uma moradia, agora era praticamente impossível. As pessoas se arranjavam como podiam, e começou um verdadeiro êxodo de desabrigados para os campos, onde não caíam bombas. Os alvos das forças aliadas eram as cidades, as estações de trem e as fábricas. A maior parte das áreas rurais foi poupada.

Nos primeiros dias do ano de 1943 veio nos visitar um ex-colega do meu pai, o Sr. Hans Sattler. Até então, Sattler havia sido poupado do alistamento por estar com quase 60 anos. Abatido, deixou-se cair em uma cadeira e perguntou pelo meu pai.

— O Franz não está — informou minha mãe.

— Ele já voltou de Varsóvia? — perguntou Sattler.

— Já... ele acabou de sair de lá e não deve demorar — respondeu minha mãe.

O homem estava visivelmente transtornado, e minhas tias perguntaram se ele estava doente. Sattler esboçou um sorriso amargo e disse:

— Se fosse só isso... uma doença agora seria a maior felicidade!

Ficou claro que algo muito sério estava acontecendo. Sattler, os ombros caídos, continuou:

— Recebi hoje a ordem de alistamento. Vão me mandar para a Rússia.

Demorou alguns instantes até que compreendêssemos a brutal realidade daquilo que tínhamos acabado de ouvir.

— Rússia?! – repetiu minha mãe. – Mas... o que você vai fazer na Rússia? – perguntou.

— Ora, Martha, que pergunta idiota! – exaltou-se Sattler. Tia Maria sentou ao lado dele e disse:

— Mas não podem fazer isso! Você nunca foi militar e, além disso, tem quase 60 anos!

Sattler soltou uma risada amarga:

— Vocês ainda não entenderam? Eles podem tudo, eles têm o poder! Como o material humano anda escasso, estão começando a recrutar velhos. Daqui a pouco vão chamar os anciãos para lutar.

Sattler era um homem pacífico, quieto, com uma veia artística. Gostava de pintar e de tocar violino. Ser enviado para o front russo era para ele, sem dúvida, uma sentença de morte.

Falar o que numa situação dessas? Sattler veio a nossa casa na esperança de encontrar meu pai, que conseguira driblar o alistamento com sua história da infecção intestinal crônica que adquirira nos trópicos. Achou que meu pai pudesse lhe dar alguma ideia de como escapar da catástrofe que acabara de desabar sobre sua cabeça. Meu pai tivera uma sorte incrível de ser poupado até o fim!

O homem cobriu o rosto com as mãos e comentou:

— Eu nem sei como segurar uma arma. Nunca fui patriota, sou pacifista e tenho horror a qualquer tipo de violência. Nunca me envolvi com política e agora isso...

Memórias de um Adolescente Brasileiro na Alemanha Nazista

A suástica, símbolo da ideologia nazista,
no alto da estação de trem em Hamburgo.

— Mas, como você mesmo diz, nunca segurou numa arma, então... — começou minha mãe, mas Sattler a interrompeu:

— Vou ter que fazer um curso rápido de três meses. E completou com um soluço: — Vão me ensinar a matar!

De repente, ele começou a chorar copiosamente.

— Tenho que matar homens que eu não conheço e que nunca me fizeram nada, só porque são russos. E tudo isso por quê? — Ele estava fora de si. E repetiu: — Por quê?

Não havia consolo para tamanho desespero e não havia nada que pudéssemos fazer. Ao nosso redor, reinava o puro terror, as bombas caindo quase que diariamente sobre a nossa cabeça.

— Quando... quando você vai partir? — perguntou tia Dora, delicadamente.

Sattler deu de ombros:

— Semana que vem, para o tal treinamento.

— Você quer um chá? — perguntou tia Maria, as mãos trêmulas amassando o pano de prato, que não largara nem um minuto. O rosto de Sattler estampava uma tristeza tão grande que chegava a doer. Minha mãe, na ânsia de consolar aquele amigo do meu pai, falou qualquer coisa, mesmo sabendo que era bobagem:

— Dizem que a guerra não vai durar... as armas secretas...

— Ah, Martha, não seja ingênua — interrompeu Sattler, imediatamente. E, um tanto agressivo, disse: — Martha, você está repetindo os slogans do senhor Göbbels. Não existe nenhuma arma secreta! É tudo mentira, como sempre foi. Os nazistas estão se aproximando do fim e, acredite, este fim será terrível. Só que antes ainda vão matar mais alguns milhões de inocentes.

O destino de Hans Sattler acabou sendo igual a tantos outros. Já perto do final da guerra, sua esposa nos disse que ele estava desaparecido na Rússia. Ela nunca ficou sabendo se o marido, aquele homem sensível, pintor passional e tocador de violino, morrera em um combate, em algum lugar deserto na imensidão russa, o corpo coberto pelo gelo, ou em algum daqueles horrendos campos de prisioneiros.

    Ou, quem sabe, como acontecera com tantos outros, ainda estivesse vivo, com a memória destruída pelos terríveis acontecimentos que a mente não conseguiu suportar. Nunca soubemos.

26

QUANDO A ALEMANHA NAZISTA declarou guerra aos Estados Unidos da América, num primeiro momento achamos que isso iria acelerar o fim da guerra. Logo, porém, começamos a sentir os efeitos de mais essa insanidade do Führer. Os Estados Unidos, ao contrário da União Soviética, eram um país industrializado, com uma estrutura muito bem preparada para enfrentar uma Alemanha já à beira do esgotamento total.

Depois que voltamos a Ulm, fui obrigado a frequentar a escola e, claro, o meu calvário recomeçou. Para agravar ainda mais a minha situação, após meses de torpedeamento de navios mercantes brasileiros, o Brasil acabou declarando guerra à Alemanha nazista e à Itália fascista em agosto de 1942.[10]

Agora éramos declarados "inimigos do Reich" e temíamos por nossa vida. Eu acho que o que ainda nos garantiu certa segurança, como sempre, foram as minhas tias-avós, as conceituadas irmãs Harder.

---

10 Os nazistas atacaram, de 15 a 17 de agosto de 1942, cinco navios brasileiros, o que obrigou o governo brasileiro de Getúlio Vargas, que até então havia insistido em manter a neutralidade, a declarar guerra à Alemanha. O Brasil foi o único país da América Latina a participar diretamente da Segunda Guerra Mundial, o que lhe custou a morte de 451 oficiais e praças, entre eles oito pilotos da Força Aérea Brasileira. As cinzas desses heróis repousam hoje no monumento aos mortos da Segunda Guerra Mundial, no Rio de Janeiro.

Com o avanço da guerra, também o material escolar ficou cada vez mais escasso, e os alunos tiveram de emprestar ou intercambiar livros com outros alunos. Cada vez que eu pedia um livro para um colega, recebia a mesma resposta:

– Vá pedir os livros para os americanos!

Quando 1944 chegou, veio acompanhado pelo ruído agudo das sirenes, o *staccato* da Flak[11], os mísseis a iluminar o céu noturno, como se fossem fogos de artifício. O chiado mortal das bombas já fazia parte do nosso dia a dia, assim como as maletas ou sacolas, sempre prontas, contendo apenas o essencial: algumas peças de roupa, alguns pertences mais preciosos e os documentos pessoais.

À medida que a situação piorava, tanto nos fronts como na Alemanha, discursos do ministro da Propaganda, Joseph Göbbels, se tornavam cada vez mais eloquentes. Segundo ele, a "vitória final" era apenas uma questão de "querer" e dependia exclusivamente da "força de vontade" do povo alemão.

Na noite do dia 5 para o dia 6 de junho de 1944, os aliados desembarcaram na Normandia. Iniciava-se a Operação Overlord[12].

As tropas alemãs, dizimadas e praticamente isoladas, sem poder contar com qualquer tipo de abastecimento, munição ou mantimentos, encontravam-se em franca retirada. Enquanto isso, o Führer continuava a exigir que seus soldados lutassem "até o último homem".

Em 21 de junho de 1944, eu estava completando 14 anos de idade. Não era mais um adolescente; era um homem

---

[11] Flak é a sigla para Flug-Abwehr Kanone, que significa caças ou canhões antiaéreos. A partir de 1942, os ingleses começaram a intensificar seus bombardeios das cidades alemãs, em resposta aos bombardeios da Luftwaffe sobre a Inglaterra. Enquanto os aliados ficavam cada vez mais sofisticados, a defesa alemã era enfraquecida. Era o fim para a Luftwaffe.

[12] A Batalha da Normandia, também conhecida como Operação Overlord ou "Dia D", foi a invasão das Forças Aliadas, composta de soldados dos Estados Unidos da América, da Grã-Bretanha, da França, do Canadá, da Polônia, da Austrália, da Bélgica, da Nova Zelândia, dos Países Baixos, da Noruega e da Tchecoslováquia. Foi a maior invasão marítima da história, com quase 3 milhões de soldados a cruzar o Canal da Mancha. A Normandie (Normandia, em francês) é uma das batalhas mais conhecidas da Segunda Guerra Mundial e culminou na libertação de Paris.

marcado pelo horror dos últimos anos. Aliás, não raras vezes eu me sentia como um ancião, do tipo que já havia vivido tudo de ruim que a vida pode apresentar.

Naquela tarde ensolarada, o diretor da escola havia dispensado os alunos mais cedo, o que, naqueles últimos meses de guerra, acontecia quase diariamente, por causa dos bombardeios cada vez mais frequentes. A situação estava quase insustentável. Já não havia mais material escolar, e todos, sem exceção, estávamos empenhados apenas em *sobreviver* de alguma maneira. A ordem e a disciplina estavam, aos poucos, desmoronando.

De repente, a sirene estridente anunciava a chegada de aviões inimigos, o prenúncio de mais um ataque aéreo.

Eu me encontrava na companhia de um dos poucos amigos que eu tinha naquela época, Max Volker, um sujeito íntegro, que costumava me defender da crueldade dos outros e que, infelizmente, morreu atingido por uma granada nos últimos dias da guerra.

– Vamos para minha casa, ela fica mais perto do que a sua – ofereceu Max. – Talvez hoje eles nem venham, em homenagem ao seu aniversário – brincou meu amigo.

Como ele morava próximo à escola, chegaríamos mais depressa ao abrigo, então resolvi aceitar o convite. A mãe de Max era uma senhora de meia-idade, magra e pálida. O pai estava no front russo e eles não tinham notícias dele. Quando chegamos à casa de Max, a mãe dele estava muito nervosa e agitada, catando algumas coisas para levar ao porão, para onde os outros moradores do prédio já estavam se encaminhando.

Nesse instante, já se ouviam os aviões, cobrindo os céus, prontos para descarregar sua carga mortal. Eu me apavorei e disse:

– Eu quero ficar com a minha família! Vou agora!

– Está louco? – gritaram Max e a mãe, ao mesmo tempo.

– Vamos, vamos, todos para o porão! – apressaram.

Ruínas – foi só o que restou desta rua em Ulm.

– Meus pais! Quero meus pais! – lamentei.

Max me agarrou pelo braço e disse:

–Você acha que eu vou deixá-lo correr pelas ruas em meio a este inferno? Seus pais vão ficar bem, controle-se!

Seria realmente uma insanidade estar na rua com os aviões despejando bombas. Mas eu só pensava nos meus pais e na minha irmã, que não tinha nem 2 anos, e me arrependi amargamente de ter aceitado o convite de Max em vez de ter corrido para minha casa e ter ficado junto da minha família. Tentei me desvencilhar, porém Max me arrastou para o abrigo com mãos de ferro.

É claro que eu tinha consciência de que era preciso procurar os abrigos antiaéreos, mas, se fosse pela minha vontade, eu não os procuraria nunca. Na minha cabeça, era melhor morrer ao ar livre, vítima de uma bomba, do que ficar soterrado e morrer aos poucos.

– Rudi, controle-se! Agora não é o momento para histerismo – reforçou meu amigo, irritado.

No corredor, onde se acotovelavam os outros moradores do prédio, deparamos com a mãe de Max, de maletinha na mão.

– Meu Deus, onde vocês estavam? Vamos! – disse ela.

Uma mulher tentou pentear o cabelo, enquanto um homem lembrou que esqueceu a carteira com os documentos e, apesar dos gritos da sua mulher, voltou para buscá-la.

A antiga lavanderia do prédio havia sido transformada em abrigo antiaéreo, onde colocaram, ao longo das paredes, bancos com almofadas e mantas. Além disso, havia velas, caso a luz falhasse. Um pequeno compartimento serviria como privada, se bem que bastante rústica, pois estava equipado com nada mais do que um balde.

Da parede encostada ao prédio vizinho haviam sido retirados alguns tijolos, a fim de abrir uma passagem para o outro prédio, caso fôssemos soterrados. Ficar soterrado era uma das fobias que atormentavam a todos, não só a mim.

Um letreiro em letras garrafais, vermelhas, chamou a atenção: "Em caso de rompimento da tubulação, não entre em pânico. A água subirá lentamente". Grande consolo!

Fazia frio no porão e estávamos todos envoltos em mantas, tentando ignorar os ruídos do lado de fora. Era sempre a mesma sequência: primeiro uma espécie de trovejar abafado, depois um gemido e, logo em seguida, o impacto da bomba no chão.

Um homem sentado ao meu lado lia um livro, sem demonstrar o menor nervosismo. Uma mulher dormia, a cabeça apoiada na parede, duas crianças brigavam por um brinquedo velho e quebrado, um bebê choramingava e uma mulher gorda desembrulhou um sanduíche, deixando todos com água na boca.

— Eu gostaria de saber onde essa velha arranjou esse sanduíche — comentou Max, sussurrando.

Por causa da fome, provavelmente todos os presentes se questionavam exatamente sobre isso.

— Psiu! — fez a mãe de Max.

De repente, uma das bombas pareceu cair bem próximo. As pessoas ficaram estarrecidas. A mulher gorda parou de comer.

— Malditos ingleses, malditos americanos, malditos piratas — murmurou o homem que lia. Em seguida, retomou a leitura, como se nada tivesse acontecendo.

Eu me encolhi, pensando que ele se referia a mim, mas ali ninguém me conhecia. Max me lançou um rápido olhar, mas não disse nada.

A mãe dele abraçou ao filho e a mim:

— Parem de tremer, não vai acontecer nada! — exclamou, procurando nos tranquilizar.

Finalmente, ouvimos a sirene avisando o fim do bombardeio. Mais uma vez sobrevivemos.

Exaustos, o corpo rijo de frio e de medo, subimos as escadas. Meus dentes batiam descontroladamente. Aí ouviu-se um grito:

— Fogo! Tudo está em chamas!

Começou uma correria, um empurra-empurra descontrolado. Um dos apartamentos do último andar havia sido atingido e estava em chamas.

Gritos por toda parte: "Meu Deus!", "Façam alguma coisa!", "Vamos morrer!".

O homem responsável pela proteção antiaérea do prédio assumiu o comando:

— Sacos de areia! Mantas! Depressa!

Os regulamentos referentes à proteção antiaérea, muito severos, eram constantemente controlados, de modo que, em caso de incêndio, todos os utensílios necessários para apagar o fogo estivessem sempre à mão. Por isso, em poucos minutos, o fogo estava sob controle.

Logo que saímos do porão, comecei a correr pelas ruas em chamas, o coração saltando pela boca. Meus pais! Minha família! Estavam vivos? E se a minha família toda estivesse morta?

A cidade inteira estava em chamas. Uma mulher, o rosto negro de fuligem, passou por mim aos berros:

— Está tudo perdido! Tudo perdido!

Quando cheguei perto da nossa casa, uma amiga das minhas tias me viu e disse:

— Rudi! A sua casa foi atingida! — E antes que eu pudesse perguntar algo, a mulher desapareceu. Naquela tarde de junho de 1944, nossa casa fora atingida em cheio por uma bomba. De uma hora para outra ficamos sem nada, apenas com a roupa do corpo. Mas o que realmente importava era que a minha família estava viva. Mais uma vez, em meio à completa desgraça, Deus havia estendido sua mão sobre nós.

Sem ter para onde ir, fomos acolhidos por parentes longínquos das minhas tias, a família Stadler, que moravam no campo, a cerca de 10 quilômetros da cidade de Ulm.

27

UMA DAS LIÇÕES que a vida me ensinou, principalmente naqueles anos de guerra, é que Deus sempre está presente, mesmo nos piores momentos e, sem dúvida, tudo tem sua razão de ser. Muitas vezes, o sentido de acontecimentos que, num primeiro momento, parecem ser a maior desgraça nos é revelado posteriormente.

Naquela tarde de junho de 1944 ficamos sem teto, o que nos obrigou a mudar para o campo. Pouco tempo depois, em outubro de 1944, Ulm sofreu mais um terrível e devastador ataque aéreo, deixando a cidade destruída. Provavelmente, se ainda estivéssemos morando lá, não teríamos escapado com vida.

As bombas lançadas em outubro de 1944 sobre Ulm foram tão devastadoras que, apesar de morarmos a cerca de 10 quilômetros de distância, ouvimos seu retumbar incessante durante aproximadamente duas horas. Quando, finalmente, se fez silêncio, o céu noturno ao redor da cidade resplandecia numa luminosidade mortal. A cidade estava envolta por um manto de chamas.

No dia seguinte a esse ataque, meu pai e eu resolvemos ir até Ulm, para, inclusive, ver se entre as ruínas da nossa antiga casa ainda havia restado algo que pudesse ser aproveitado.

Deparei com o Sr. Schmidt, o diretor da minha escola, chorando feito criança. Ele repetia sem parar:

— A escola inteira está destruída. Está tudo perdido!

Como o Sr. Schmidt sempre havia sido um nazista convicto, tive vontade de lhe dizer que essa desgraça ele devia ao seu querido Führer. No entanto, me contive, porque, apesar de todas as humilhações que sofri, naquele momento, diante de tanta destruição e morte, até eu tive vontade de cair em prantos.

Uns dias depois, ainda em outubro de 1944, nasceu minha irmã caçula, Christa Maria, que, infelizmente, veio ao mundo com síndrome de Down e acabou falecendo em São Paulo, em 1950.

Eu, aos 14 anos, e Christa Maria, minha irmã caçula.

28

A SITUAÇÃO NA ALEMANHA permanecia caótica. O povo alemão vinha se conscientizando de que a guerra não acontecia apenas nos fronts, mas também nos lares, trazendo morte e destruição.

Não havia mais o que comer e, apesar de morarmos no campo, onde vez ou outra se conseguia um pouco de leite e alguns ovos para as crianças, estávamos, literalmente, passando fome. O pouco que conseguíamos angariar era oferecido às minhas irmãs, uma com quatro anos e a outra com alguns meses de vida.

Certa vez eu vi a minha mãe sair de casa às escondidas. Como achei estranho o comportamento dela, eu a segui. Ela se dirigia para o campo que rodeava a casa onde estávamos abrigados. De repente, ela se ajoelhou e arrancou, com as mãos, tufos de grama e os enfiou na boca com terra e tudo. Aquele dia faz parte dos mais traumáticos da minha vida!

Os meses que antecederam o final da guerra foram marcados por tensão e medo, pois, no front leste (*Ostfront*), os soviéticos avançavam com rapidez, o que nos deixou extremamente apreensivos. A cada dia chegavam mais notícias sobre as inacreditáveis atrocidades que os soldados russos estavam cometendo contra a população civil, inclusive contra mulheres e crianças.

Um ataque aéreo em fevereiro de 1945 causou mais destruição em Ulm.

Elisabeth Loibl

Certa noite ouvi uma conversa dos meus pais em que decidiram que, caso caíssemos nas mãos dos soviéticos, eles iriam colocar fim à vida deles e à dos filhos.

Mas enfim veio a notícia de que as tropas aliadas haviam vencido os alemães na Normandia e agora estavam se aproximando rapidamente das fronteiras alemãs.

Em fevereiro de 1945, dois meses antes do término da guerra, houve outro ataque aéreo à cidade de Ulm. Durante três horas seguidas choveram bombas e mais bombas, a ponto de não conseguirmos ouvir as detonações isoladamente. Minha mãe e a Sra. Stadler, cuja filha teve o azar de estar naquele momento em Ulm, gritavam feito loucas. E todos se colocavam as mesmas perguntas:

– Por que mais este ataque? Já não haviam destruído tudo em outubro? O que mais há para destruir?

Meu pai tentou acalmar as minhas duas irmãs, brincando:

– Mais um bumba! Não é divertido? – disse, balançando as duas no colo.

As tropas aliadas, com americanos, ingleses, canadenses e franceses, estavam cada vez mais perto. Os russos estavam praticamente às portas de Berlim, a outrora pomposa capital do Reich.

Em abril de 1945, o fim do Terceiro Reich já estava selado, porém, até nesses derradeiros momentos da ditadura nazista, quando já começávamos a respirar aliviados, nos foi imposta mais uma situação de medo e tensão. Os americanos estavam entre Stuttgart e Ulm, a cerca de 80 quilômetros de Holzheim, onde morávamos, quando, de repente, bateu à nossa porta um policial para nos informar que havia recebido ordem da Gestapo de prender toda a nossa família e de nos levar para "local desconhecido". Mal podíamos acreditar naquilo!

Meu pai, atônito, mas também encorajado pelo fato de que os americanos estavam a uns poucos quilômetros de distância, questionou:

— Isto é ridículo! Mais algumas horas e os aliados estarão aqui! E você quer nos prender?

O policial, muito inseguro, começou a gaguejar:

— É que houve uma denúncia, eu tenho ordens...

— Uma denúncia? – interrompeu meu pai. E, depois prosseguiu: – Olhe ao seu redor, homem, é o fim! E você ainda quer obedecer às ordens de alguns fanáticos que em pouquíssimo tempo serão varridos daqui?

O policial, até então acostumado à obediência cega, estava totalmente inseguro, sem saber como lidar com a situação. O ruído da artilharia americana estava cada vez mais perto. Meu pai não arredou pé e, embora apreensivo, não se mostrou intimidado. O policial não era bobo e, ao tomar consciência de que, àquela altura, era preciso salvar a própria vida, disse:

— Sabe de uma coisa? Vou dizer que não encontrei ninguém em casa. Tratem de se esconder em algum canto. Volto amanhã.

Mais tarde meu pai nos contou que, naquele momento, ele estava decidido a matar o tal policial caso fosse necessário.

Por uma daquelas surpresas do destino, meu pai salvaria a vida justamente daquele policial, um episódio que merece ser contado adiante.

29

MADRUGADA, fins de abril de 1945. Na pequena aldeia de Holzheim, onde morávamos, reinava total silêncio. Só se ouvia os ruídos do fogo da artilharia, que o vento trazia em nossa direção. Em pontos esparsos, alguns soldados alemães ainda ofereciam resistência. Ninguém dormia, todos estavam apreensivos, na expectativa do que estava por vir.

Por volta das duas horas da madrugada, passaram alguns soldados alemães, os uniformes em farrapos, os rostos sujos, gesticulando, aos gritos:

– Somos os últimos! Depois de nós, vêm os americanos!

O meu coração parecia saltar pela boca, e um turbilhão de sentimentos me tirava toda e qualquer capacidade de raciocinar. Naquele ano eu completaria 15 anos de idade, sem a menor perspectiva de futuro. Pelo menos é o que eu achava. Perguntas e mais perguntas me atormentavam dia e noite, sem resposta. Eu não conseguia decifrar o que estava sentindo: ódio, revolta, medo, pena...

Mas, ao ver aqueles homens em seus uniformes esfarrapados, senti uma enorme pena. O que os esperaria? Qual seria o seu castigo por terem lutado a troco de nada?

No dia seguinte, chegou a primeira leva de soldados americanos, os vencedores. Alguns estavam bêbados. Para os cidadãos

Minha irmã Elisabeth e meu pai em nosso refúgio em Holzheim.

alemães, foi dada a ordem de se posicionar em ambos os lados da rua e acenar com lencinhos (ou algum outro pano) brancos.

À medida que iam passando, em seus tanques de guerra ou a pé (sempre de armas em punho, ainda com medo de emboscadas), alguns soldados americanos jogavam chocolates para as crianças.

Meu pai, como todos os outros, obedeceu às ordens e também acenou. Nisso, a manga da sua camisa escorregou para trás e apareceu o relógio que ele sempre usava, pois era uma lembrança do Brasil. De repente, um dos soldados desceu do jipe, a metralhadora em punho, e arrancou o relógio do braço dele. Obviamente, ninguém se opôs. Naqueles primeiros momentos, os vencedores estavam embriagados pela vitória sobre os nazistas, como também pelo álcool, e sem dúvida o mais prudente era se portar da maneira mais discreta possível.

Era um desfile interminável: tanque atrás de tanque, jipe atrás de jipe, caminhões e veículos sem fim. Tudo exatamente como meu pai dissera naquele dia, em 1939, quando aquele homem da Gestapo lhe perguntou "hipoteticamente" o que aconteceria se a Alemanha entrasse em guerra com os Estados Unidos:

— Os americanos têm uma indústria forte que, em caso de guerra, estaria apta a produzir material bélico em profusão.

Foi bem isso que aconteceu.

Naquelas últimas horas do Terceiro Reich, Adolf Hitler, covardemente escondido no seu *Bunker* em Berlim, despedia-se dos seus últimos fiéis seguidores. Estava acompanhado por Eva Braun, com quem havia se casado poucos dias antes. Dentro de no máximo 24 horas o Exército vermelho iria alcançar o *Bunker*.

Nas últimas horas de vida, o Führer resolveu fazer seu "testamento", onde nomeou o almirante Dönitz como "presidente" e Joseph Göbbels como "chanceler"!

Às 15 horas e 30 minutos do dia 30 de abril de 1945, Hitler se suicidou com um tiro na cabeça. O seu "legado": cerca de 60 milhões de mortos, cidades inteiras destruídas, tanto na Alemanha como em outros países, milhares de refugiados e de desabrigados e incontáveis órfãos.

Joseph Göbbels, ex-ministro da Propaganda, nomeado por Hitler como seu sucessor, viveu apenas por mais um dia. Antes de tirar a própria vida, matou a esposa e seus seis filhos.

No dia 2 de maio de 1945, Berlim caiu, e, no dia 7 de maio, os alemães assinaram, em Reims, a incondicional rendição da Alemanha nazista. Nas noites de 8 a 9 de maio de 1945 silenciaram as armas em todas as frentes da Europa. A Segunda Guerra Mundial terminou.

30

INTERMINÁVEL ERA O COMBOIO das forças aliadas. Milhares de bandeiras brancas davam as boas-vindas aos vencedores. Flanqueavam as ruas por onde as tropas passavam. Ruínas e mais ruínas era o que se via por toda parte. Os trilhos dos bondes, torcidos pela violência do impacto das bombas, serpenteavam, sem destino, por ruas que eram só crateras. Postes elétricos quebrados como se fossem palitos de fósforo. Árvores arrancadas com as raízes. Animais mortos, a maioria cavalos.

Em algumas cidades, soldados alemães apareciam, isolados ou em grupos. Muitos ainda eram crianças ou adolescentes, entre 12 e 17 anos, outros eram homens com mais de 70 anos. Era o chamado *Volkssturm*, a derradeira e inútil tentativa de defender uma Alemanha que já estava derrotada.

Eu comparava minha vida aos escombros que me cercavam. Por dentro e por fora eu estava em ruínas!

Em julho de 1945, após meses de separação, reencontramos as minhas tias em Ulm. O prédio onde as duas haviam morado durante tantos anos estava destruído. Tia Maria caiu em prantos. "Pelo menos isso não mudou", pensei, triste.

– Não sobrou nada... nem um único prato – lamentou minha tia.

Em algumas ruas de Ulm, só restaram ruínas.

– Olhe ao redor, Maria, não somos as únicas que perderam tudo – comentou tia Dora, consolando-a. E disse, um tanto decidida: – O jeito é arregaçar as mangas e começar tudo de novo.

Naquele momento aprendi e compreendi que o ser humano possui uma incrível capacidade de regeneração: em meio a tanta destruição, a vida já começava a brotar novamente!

Ninguém cruzou os braços; todos estavam dispostos a recomeçar a viver. O desafio era gigantesco. Era preciso garantir a sobrevivência, criar um teto e, sobretudo, arranjar comida. Era vencer um dia após o outro.

Entre as ruínas, quase só havia mulheres a lutar contra o caos da destruição. Os homens, em sua maioria, estavam mortos, presos ou desaparecidos.

Mal chegamos de volta a Holzheim – continuamos na casa da família Stadler – um menino veio correndo ao nosso encontro, gritando e acenando feito louco:

– Sr. Franz, Sr. Franz, venha, depressa!

– Meu Deus, o que é agora? – murmurou meu pai.

Ainda estávamos sob o impacto da destruição que acabáramos de ver em Ulm. O menino mal conseguia falar de tão agitado:

– Sr. Franz... Sr. Franz...

Meu pai, impaciente, pegou no braço do menino e disse:

– O que é, fale logo!

– Os americanos! Estão querendo enforcar o Sr. Kurt, ele pediu para o senhor ir até lá...

– Sr. Kurt? Que Kurt?

– O policial, Sr. Franz, pelo amor de Deus, venha logo!

– O que eu tenho a ver com esse senhor? – retrucou meu pai, dando as costas ao garoto e fazendo menção de entrar em casa.

– Vocês são brasileiros, não são? Os americanos vão atender o seu pedido. O Sr. Kurt vai morrer se o senhor não ajudar!

Aí eu resolvi interferir, pedindo:
— Pai, o Sr. Kurt é aquele policial que nos salvou a vida. Vamos ajudar... não custa tentar!

Meu pai ainda hesitou por um instante, depois disse:
— Você tem razão. Vamos ver o que está acontecendo.

Na praça central da aldeia, vimo-nos confrontados com uma cena que, se não fosse tão trágica, poderia ter saído de uma comédia: Herr Kurt, o ex-policial, vestindo nada além de um calção, estava com uma corda enrolada no pescoço, prestes a ser enforcado. O capitão americano o havia confundido com um homem da Gestapo. Na verdade, o pobre nunca havia pertencido à Gestapo, fora nada mais do que um simples policial.

Mas, naqueles primeiros meses de pós-guerra, os ânimos dos vencedores ainda estavam incendiados pelo ódio e, além disso, ainda reinava um caos total em todos os segmentos. E, por cúmulo da burrice, o Sr. Kurt ainda vestia o seu uniforme de policial. O americano, é claro, só viu o uniforme, o que imediatamente associou à Gestapo.

A sorte do meu pai e principalmente do Sr. Kurt é que o tal capitão era do Texas e falava espanhol. Meu pai se apresentou como "brasileiro" e aliado e lhe explicou, em português, que o homem nunca havia pertencido à Gestapo e que não passava de um simples policial. Salvando-lhe a vida, meu pai acabou retribuindo o que o Sr. Kurt fizera por nós poucos meses antes.

Mais uma lição: a vida é um "bate volta"... O que se faz, tanto de bom quanto de ruim, tem retorno!

31

NOS ÚLTIMOS MESES da guerra havia ficado claro para nós que o que estava por vir seria uma espécie de Armagedom.

Prevendo isso, meus pais haviam decidido confeccionar às escondidas uma bandeira brasileira. Um empreendimento extremamente arriscado, que, uma vez descoberto, selaria o nosso destino.

Mas o futuro provaria que fazer uma bandeira brasileira foi uma decisão mais do que sábia. Foi justamente essa bandeira que protegeu não apenas a nossa família da arbitrariedade dos vencedores como também muitos alemães, principalmente mulheres.

Quando os americanos entraram em Holzheim, hasteamos a bandeira do Brasil na fachada de casa. Soldados e oficiais americanos desceram dos seus veículos e perguntaram:

— *What flag is that?* (Que bandeira é esta?)

— *Brazil* — respondeu meu pai. — *We are Brazilian* [Somos brasileiros].

Alguns soldados sequer imaginavam onde ficava o Brasil, mas a maioria bateu em nossos ombros e nos chamou de *buddies* (amigos).

Logo no início da ocupação americana, era frequente soldados americanos tentarem estuprar as alemãs, principalmente durante a noite. O fato de sermos considerados brasileiros nos permitiu certa proteção, e as mulheres corriam para a nossa casa à procura de abrigo e de proteção. Mesmo assim, as tentativas de estupro estavam se tornando cada vez mais frequentes, e meu pai resolveu tomar providências. Certa manhã foi procurar o comandante americano de plantão e, sem meias palavras, exigiu:

— Esta sujeira tem que acabar!

Usou, literalmente, a palavra "sujeira". Funcionou: o comandante americano tomou providências imediatas, e as coisas começaram a se normalizar.

Arranjamos uma moto que também equipamos com uma bandeira brasileira, o que nos garantiu passagem livre por todos os *checkpoints* (postos de controle), coisa impossível para os alemães. Mais uma vantagem proporcionada pela bandeira brasileira!

Também ocorreram algumas situações hilariantes, provocadas por soldados americanos simplórios, que nunca ouviram falar do Brasil. Certa manhã, apareceu em casa um soldado americano que quis arrancar a nossa bandeira.

— Por que isso? — perguntou meu pai, em inglês.

— Está na hora de acabar com estas bandeiras nazistas! — respondeu o soldado, um rapaz ainda bem jovem.

Então meu pai lhe explicou que se tratava de uma bandeira brasileira, de um país aliado, e que éramos do Brasil.

— *Brazilian! We are Brazilian!* — insistiu meu pai.

O soldado tirou do bolso um livrinho e começou a folheá-lo. Depois de alguns minutos, abriu um sorriso:

— *Oh, really! Brazil... Ah, sorry.*

Um tanto sem graça, ele nos presenteou com chocolate e cigarros e nos contou que crescera em um rancho no estado americano do Arkansas e que nunca ouvira falar do Brasil antes.

Noutra ocasião, dois oficiais americanos vieram nos procurar de manhã. Foram muito amáveis, oferecendo chocolate às minhas duas irmãs pequenas. Um deles nos contou que tinha uma filha da mesma idade que minha irmã de 3 anos e que sentia muita saudade dela.

Era estritamente proibido aos integrantes do Exército americano manter contato amigável com alemães de qualquer idade. Entretanto, como eu era brasileiro, a nossa situação era diferente. Mais uma vez, graças ao Brasil!

Naquela época do pós-guerra, dinheiro quase não tinha valor, e os negócios eram, em sua maioria, feitos na base da troca. Cigarros, alimentos, remédios, objetos de higiene pessoal, coisas que fazem parte do nosso dia a dia e que geralmente não damos tanto valor eram objetos raros e altamente cobiçados. Tanto que não era incomum que as pessoas oferecessem seus últimos pertences de valor em troca de um desses itens.

E, mais uma vez, o comportamento das pessoas nos desapontou: até bem pouco tempo, éramos considerados "os inimigos", "os piratas do ar" etc. Depois, de repente, passamos a ser "os amigos" e, por incrível que pareça, até "os libertadores".

Para nós, o que importava era ter *sobrevivido*!

Quando a notícia das bombas atômicas de Hiroshima e Nagasaki chegou, não tínhamos ideia do que era uma bomba atômica. Só mais tarde soubemos que o Japão, que até então ainda continuava a lutar, havia capitulado incondicionalmente e aí também ficamos sabendo sobre os efeitos devastadores dessa nova arma – um pesadelo!

Os soldados americanos, por sua vez, ficaram visivelmente aliviados, pois até então ainda corriam o risco de ser enviados para o front oriental. Com o fim da guerra no Japão, já não havia mais motivo para se preocupar.

32

O NATAL DE 1945 foi o primeiro Natal depois da guerra. Um inverno especialmente rigoroso. Não havia carvão, não havia comida, não havia moradias. Os alemães passavam fome e frio. Nas cidades, os antigos abrigos antiaéreos ofereciam, por vezes, alguma proteção muito precária contra a neve e os ventos. Muitas pessoas estavam acampadas nas estações de trem, ou, para ser mais específico, no que restou delas. Era impossível ficar ao relento: com tanto gelo, a morte era certa. Naquele inverno, muitos morreram de fome e de frio.

As pessoas estavam muito debilitadas. Quem encontrava forças ia até o campo, para tentar conseguir alguma comida, ou para juntar alguns galhos que proporcionassem alguma ilusão de calor.

Para incontáveis famílias, o Natal de 1945 foi o mais triste de sua vida. Em quase todos os lares reinava o luto: o pai ou o filho – ou ambos – havia tombado em um dos fronts ou se tornado prisioneiro. Havia também os que haviam desaparecido na imensidão gelada da Sibéria e os que faleceram consumidos pelas chamas das bombas ou soterrados sob os escombros.

Já o destino de parentes e amigos que se encontravam nas regiões ocupadas pelos russos era uma incógnita: teriam conseguido fugir, estavam presos ou tinham sido mortos? Haveria um reencontro?

Apesar de tudo, os mais otimistas sempre encontravam um motivo para comemorar: "Acabaram as sirenes anunciando mais um ataque aéreo, acabaram as bombas!".

Quanto à minha família, tínhamos um único objetivo: voltar ao Brasil. Mas naquele momento o caos era tanto que algumas medidas foram tomadas. Organizaram acampamentos de transição para acolher os refugiados, os sem memória, os sem identidade, sem referência etc., até que esses infelizes encontrassem um lugar fixo para retomar sua vida. Eram milhares que a guerra deixara sem rumo, sem família, sem perspectivas e que agora se encontravam diante da difícil empreitada de recomeçar.

Num primeiro momento, nos foi dito que deveríamos procurar um dos acampamentos até que saísse a nossa permissão para deixar a Alemanha. Meu pai não quis: o ambiente nos campos de refugiados era péssimo. Havia pessoas das mais variadas procedências e, obviamente, dos mais diversos tipos, inclusive criminosos, que aproveitaram a oportunidade para desaparecer e, posteriormente, reaparecer sob nova identidade.

Tudo era difícil, tudo era complicado. Como o Brasil fazia parte dos países vencedores, o governo brasileiro enviou uma comissão militar para Berlim, a fim de acelerar a repatriação de cidadãos brasileiros por intermédio da Missão Militar Brasileira[13].

Estava nas mãos do Conselho de Controle Aliado (*Alied Control Council*), composto de americanos, ingleses, franceses e –

---

13 Após o término da Segunda Guerra Mundial, a Alemanha passou a ser administrada por um Conselho de Controle Aliado (Alied Control Council). Esse conselho convidou o Brasil a enviar uma Missão Militar para a Alemanha, missão que se instalou no setor norte-americano de Berlim em março de 1946, permanecendo na Alemanha até fins de dezembro de 1949. Uma das principais funções dessa missão foi analisar a situação dos cidadãos brasileiros que estavam na Alemanha, visando sua repatriação ao Brasil.

A Sra. Stadler e sua filha nos deram abrigo quando a nossa casa em Ulm foi atingida por uma bomba.

infelizmente – russos, decidir quem poderia sair da Alemanha e quem deveria ficar. Meu pai e eu nos dirigimos ao tal conselho. Para validar essa "permissão de saída", porém, *todos* os aliados tinham que bater o carimbo.

Ingleses, americanos e franceses não criaram problemas, mas a resposta russa manteve um *niet* (não) a todas as solicitações. Os russos, por motivos que só eles conheciam, recusaram-se terminantemente a assinar a autorização para que deixássemos a Alemanha.

Estávamos, portanto, em ritmo de espera, rezando, ansiosos, para que nosso retorno ao Brasil fosse liberado logo.

Enquanto isso, continuávamos em Holzheim, com a família Stadler, onde, por incrível que pareça, o nosso calvário ainda não havia terminado.

Relembrando: durante a guerra éramos "americanos", "inimigos" etc. Quando vieram as tropas americanas, fomos festejados como "amigos" e "libertadores" e, no final, nesses derradeiros tempos na Alemanha, por mais inacreditável que pareça, de uma hora para outra viramos "nazistas".

É isso mesmo! Entenda quem quiser, mas, de repente, ninguém sabe como, por que e quando, nos tornamos "nazistas".

– Vejam a família Loibl. O filho não é brasileiro? Então por que não conseguem o visto para voltar à sua terra? Vai ver eram nazistas, caso contrário já teriam conseguido sair da Alemanha, não é?

Esses eram os comentários maldosos, acompanhados por risadinhas irônicas. A proteção que a bandeira brasileira nos havia oferecido estava esquecida, e esquecido estava o empenho do meu pai na proteção das mulheres contra o abuso dos soldados americanos.

Todos fatos reais, inegáveis, que mostram, infelizmente, algumas facetas tristes do ser humano.

33

A **ESPERA** pelo visto se estendia, sem previsão de uma data de desfecho. Meu pai, em fins de 1946, resolveu viajar para a Suíça, para tentar acelerar as coisas; talvez naquele país a nossa repatriação fosse menos burocrática. E aí os alemães nos "denunciaram" para os americanos.

Como era proibido, sob pena de morte, o porte de qualquer tipo de arma – com exceção, é claro, dos militares –, fomos denunciados de que em nossa casa havia armas escondidas. Em consequência, fomos procurados por uma comissão de americanos com o propósito de revistar nossa casa, o que gerou uma situação bastante complicada, pois – falha nossa, é claro – o meu pai, não querendo se desfazer da sua pistola Walter, a havia escondido atrás do espelho da sala.

Minha mãe e eu vivemos momentos de indescritível tensão quando um dos soldados começou a tatear atrás do espelho. Enquanto a mão do americano passava, provavelmente, apenas a alguns milímetros da arma, estávamos rijos de pavor. Só com muito custo consegui reprimir o quase incontrolável ímpeto de sair correndo, de fugir para algum lugar, de me esconder. Olhei para minha mãe e percebi que ela estava reunindo todas as forças para não demonstrar qualquer apreensão. Aí eu mordi os lábios e também consegui dominar o pânico.

Se, naquele momento, o soldado americano tivesse descoberto a arma, sem dúvida ninguém, nem mesmo o Brasil, poderia ter nos salvado da morte. Mais uma vez, Deus colocou suas mãos sobre nossa cabeça.

Agora, na idade avançada, olho para trás e me pergunto o porquê da denúncia, o porquê de tanto ódio... Teria sido por influência daquele regime maléfico?

Alguns dias mais tarde, meu pai voltou da Suíça... sem ter conseguido nada!

34

E VEIO O ANO DE 1947. A luta para não morrer de fome ou de frio continuava. Os camponeses eram os únicos que ainda tinham comida com certa fartura (principalmente ovos, aves, leite e carne de porco), mas só a compartilhavam na base da troca: anéis de brilhante, relógios de ouro e outras preciosidades por alguns ovos, um pouco de leite, alguma farinha.

Nesse meio-tempo, a família da minha mãe no Brasil – meu tio e meus avós –, com quem tínhamos perdido qualquer tipo de contato durante a guerra, conseguiu nos localizar com a ajuda da Cruz Vermelha Internacional. Imediatamente começaram a nos enviar pacotes contendo gêneros alimentícios de primeira necessidade, inclusive "café", algo extremamente raro e cobiçado. A partir daí a nossa situação melhorou um pouco.

O transporte ferroviário voltou, aos poucos, a funcionar, embora ainda de maneira muito precária, e eu aproveitei para ir a Deggendorf, na Baváĺia, onde o irmão do meu pai tinha uma lavoura. Lá ajudei na colheita e, depois de um longo tempo de fome, sentei-me novamente em uma mesa farta.

Fiquei com meus tios e primos até o verão de 1947, quando nosso retorno ao Brasil já estava definido. A despedida da família na Baváĺia foi triste, e eu me perguntava se algum dia iria revê-los. Eu retornaria a Deggendorf somente em 1985, após 38 anos!

No final de 1947 – finalmente! – recebemos a notícia da Missão Militar Brasileira de que os russos haviam batido o "último carimbo" nos nossos documentos de saída, e nada mais impedia o nosso retorno ao Brasil. Impossível descrever o nosso alívio!

Não perdemos tempo: reunimos nossos poucos pertences em duas caixas, o que causou certo transtorno na estação de trem, sob alegação de que não havia espaço disponível nos vagões. E, mais uma vez, o Brasil nos ajudou: meu pai, com meu passaporte brasileiro na mão, pediu ajuda ao Railway Transportation Office dos Estados Unidos, e nossas duas caixas foram despachadas imediatamente.

Apesar de tudo que passamos, a despedida da família Stadler foi um tanto triste; afinal, foram eles que nos deram abrigo quando a nossa casa em Ulm foi atingida por uma bomba.

Eu me perguntei: o que nos esperaria no Brasil? Eram muitos anos em que o contato ficara totalmente interrompido. A nossa família no Brasil nem sabia que eu tinha mais duas irmãs!

As tias Dora e Maria insistiram em nos acompanhar até o porto de Hamburgo, de onde partiria o navio *Santarém*, do Lloyd Brasileiro, que nos levaria de volta para o Brasil.

O porto alemão de Hamburgo estava totalmente destruído pelas bombas, e houve mais uma espera que nos obrigou a passar outro Natal, o de 1947, entre ruínas e escombros.

Mas também esses dias foram superados, e, por fim, chegou o tão esperado momento do embarque!

No dia 31 de dezembro de 1947, logo cedo, soldados ingleses – Hamburgo se encontrava sob ocupação inglesa – nos "escoltaram" até o navio. Apesar de se tratar de um navio brasileiro, os ingleses nos submeteram a um exame minucioso.

Os meus primos da Baviera.

Segundo alegaram, era para impedir que "algum nazista disfarçado" pudesse escapar. Essa atitude era nada mais do que uma imposição gratuita e sem razão de ser. Os ingleses pretendiam dar uma demonstração de poder.

Numa manhã gelada de janeiro de 1948, os ingleses, sem a menor consideração com as mulheres e as crianças, nos obrigaram a permanecer em pé durante horas a fio, expostos a temperaturas de 10 graus abaixo de zero, sendo vigiados o tempo todo por militares, de arma em punho. Foi terrível! Minha mãe segurava minha irmã caçula nos braços, que, já fragilizada pela deficiência e uma vez exposta a mais esse martírio, apanhou uma pneumonia da qual nunca mais iria se recuperar completamente. A minha outra irmã, com 5 anos de idade, era mais robusta e superou tudo muito bem.

Depois de algumas horas veio um oficial inglês, arrogante ao extremo, para *mais uma vez* se certificar de que não éramos nazistas e não escondíamos nenhum nazista. Eu me questionava: *onde* poderíamos ter escondido alguém?

Por fim – mal dava para acreditar – o momento tão esperado: o navio teve permissão para deixar a Alemanha!

As despedidas costumam ser difíceis, mas a despedida das minhas tias no porto foi especialmente triste. Tia Dora e tia Maria, meus pais e minha irmã de 5 anos choravam copiosamente: seria a última vez que as veríamos? Eu, com meus quase 18 anos, me esforcei ao máximo para "ser homem" e não chorar. E me custou muito!

O navio, lentamente, foi seguindo pelo Rio Elba rumo ao Mar do Norte para, depois, alcançar o Atlântico.

Um homem ao meu lado comentou:

– Olhe bem para essas ruínas, rapaz. O que você está vendo aqui é a morte de um país inteiro. A Alemanha nunca mais vai conseguir se reerguer!

Ele estava enganado.

35

E COMEÇOU a vida a bordo.

O *Santarém* era um navio já bem velho (havia sido adquirido pelo Lloyd Brasileiro em 1912) e não comportava mais do que 150 passageiros. No entanto, deixara o porto de Hamburgo com mais de mil passageiros!

Outro problema era que minha irmã caçula estava doente e necessitava de medicamentos, como penicilina (naquela época ainda não se conheciam os antibióticos). Não havia penicilina disponível e o único médico a bordo se revelou oportunista: para cuidar da minha irmã pediu em troca a aliança de ouro da minha mãe.

Nossa maior preocupação era que minha irmã viesse a falecer durante a viagem: não queríamos que o corpo dela fosse lançado ao mar.

Apesar disso, uma das coisas maravilhosas foi que havia comida à vontade: arroz, feijão, couve e um pouco de carne. E, o melhor, com direito a repetir!

Meus pais com a minha irmã caçula a bordo do navio *Santarém* na viagem de retorno para o Brasil, em 1948.

36

CERTA NOITE, ao entrarmos no Canal da Mancha, por volta de uma hora da madrugada, um alarme nos tirou da cama. O mar ao nosso redor encontrava-se fortemente minado, resquícios da guerra que acabara de terminar. Foram momentos de puro terror. O *Santarém*, um navio sem nenhuma estrutura de combate, afundaria em poucos minutos caso esbarrasse em uma das minas. E isso com uma superlotação.

Mas o capitão brasileiro, com manobras muito habilidosas, conseguiu passar pelas minas – uma delas a menos de dois metros do navio!

Quando, uns dias mais tarde, entramos no porto francês de Le Havre, os franceses proibiram a todos os descendentes de alemães de deixar o navio, nem mesmo por alguns minutos. Não queriam que nenhum alemão pisasse em solo francês. De certa maneira, uma decisão compreensível.

Ao passarmos pela costa da Espanha, o tempo começou a esquentar, o que nos deixou felizes. Depois de tantos anos de sofrimento, nos tornamos pessoas modestas, contentes com um prato de arroz e feijão e um pouco de sol!

Estava na hora de cuidar da higiene pessoal. Desde que havíamos deixado a Alemanha, vestíamos a mesma roupa, o que, óbvio, estava provocando um grande desconforto.

Com o clima a cada dia mais ameno, enfim conseguimos tomar um banho de chuveiro, com água fria, e tirar das nossas caixas as roupas mais leves.

Quando atracamos em Lisboa, era como se tivéssemos chegado ao paraíso! Os portugueses, ao contrário dos franceses, permitiram que deixássemos o navio.

A capital portuguesa estava maravilhosa: nenhuma destruição, lojas repletas de coisas que havia muito não víamos, restaurantes aconchegantes, com fartura de comida e todos os atributos normais de uma vida civilizada que havia tempos não tínhamos mais à disposição. Estávamos reaprendendo o significado da palavra "viver"!

Como os nossos parentes do Brasil tinham nos enviado dinheiro para Lisboa, mergulhamos nesse mundo de sonhos. Em primeiro lugar, adquirimos penicilina e achamos um médico para minha irmã, que a partir daí apresentou uma considerável melhora. Em seguida, compramos roupas novas para toda a família e, é claro, comida à vontade!

Deixamos Lisboa e começamos a travessia do Oceano Atlântico, quando ainda tivemos de enfrentar alguns momentos desagradáveis. Entre os passageiros havia um teuto-brasileiro, Manoel Schmidt de Barros, que não conseguiu superar os acontecimentos traumáticos que passara na guerra.

Certa manhã, num dia ensolarado e sem nenhuma nuvem, Manuel de repente começou a gritar:

— Os russos declararam guerra aos Estados Unidos! Estamos rodeados por submarinos russos! Vamos ser atacados! Vamos afundar!

Como a maioria dos passageiros, de uma maneira ou de outra, também estavam marcados pela guerra, os gritos dele quase desencadearam um pânico geral.

Mas tudo deu certo: Manoel foi medicado e não teve mais problemas até o fim da viagem. Ele insistiu, porém, em dormir num bote salva-vidas até atracarmos no Brasil. Caso "os russos atacassem o nosso navio", ele estaria salvo.

A cada dia mais verão, a cada dia mais sol, a cada dia o Brasil mais perto. E, certa manhã, acordei com a notícia de que a costa brasileira estava à vista.

Num dia longínquo do ano de 1938 deixei a minha pátria, o Brasil. Eu era um menino de 8 anos, um pouco sonhador, curioso para conhecer a terra dos meus antepassados. Agora, depois de 9 anos e 8 meses, eu estava retornando. Carregava na bagagem lembranças amargas que nunca mais se apagariam.

O terror das bombas, a intransigência, a opressão, a falsidade, o preconceito e, não por último, a fome foram, apesar de tudo, um aprendizado incrivelmente rico. Aprendi, principalmente, que os alicerces da vida estão na fé.

Sem a fé em uma força superior não é possível viver. Sem a fé somos nada mais do que um simples invólucro vazio, sem alma e sem eternidade. E, como eu já disse, *"tudo tem sua razão de ser"*!

Ao avistar a costa brasileira aproximando-se, caí de joelhos para agradecer a Deus. O Brasil sempre foi, continua sendo e – assim espero – sempre será o país mais livre, mais tolerante, mais incrível do mundo, e o seu povo, o mais hospitaleiro e generoso de todos os povos.

Depois de retornar da Alemanha, em 1948, Rodolfo Otto Loibl completou os estudos no Instituto Mackenzie, em São Paulo, especializando-se em técnicas de metalurgia. Foi gerente de vendas da empresa canadense Alcan e posteriormente gerente de exportação da empresa Tennant, sempre no ramo de metais não ferrosos, o que fez com que viajasse por muitos países. Além do português, fala fluentemente alemão, inglês e espanhol.

É casado com Maria Luiza de Abreu, tem dois filhos e três netas.

Pode-se dizer que a vida deste brasileiro é uma história de superação.

Elisabeth Loibl

SOBRE A AUTORA

ELISABETH LOIBL nasceu na Alemanha e veio para o Brasil aos 5 anos. Em São Paulo se formou em letras anglo-germânicas e posteriormente estudou arqueologia na Universidade de São Paulo (USP). Seus interesses são amplos e diversificados. É apaixonada por idiomas e dedicou parte de sua vida a pesquisas arqueológicas, principalmente os grandes mistérios e enigmas da arqueologia internacional. Viajou por toda a Europa, países da Escandinávia, até as geleiras do polo norte. Suas andanças pelo Egito, Grécia e uma viagem de pesquisas pelo Rio Amazonas lhe forneceram as ideias para dois de seus livros.

Trabalhou como tradutora e intérprete nos idiomas alemão, português e inglês. Também fala francês e espanhol. Tem vários livros publicados, histórias de ação e suspense, com pinceladas de experiências trazidas de suas viagens.